COLECCIÓN
MISTERIO

AF274381

El color que cayó del cielo y otros relatos

H. P. Lovecraft

TRADUCCIÓN: BENJAMIN BRIGGENT

Plutón
Ediciones

© Plutón Ediciones X, s. l., 2025

Diseño de cubierta: Alejandro Díaz
Maquetación: Saul Rojas

Edita: Plutón Ediciones X, s. l.,

          E-mail: contacto@plutonediciones.com
          http://www.plutonediciones.com

I.S.B.N: 978-84-10233-82-9
Depósito Legal: B-23379-2024

Impreso en España / Printed in Spain

Estudio Preliminar

Howard Phillips Lovecraft vino al mundo en Providence, capital del Estado de Rhode Island (E.E.U.U.) en 1890. Su padre era un rico comerciante de metales preciosos y joyería y su madre pertenecía a una rancia estirpe pionera, pues sus ancestros se remontaban casi hasta los peregrinos del Mayflower.

Debido a la edad de ambos cónyuges primerizos, que ya contaban los treinta años, su madre decidió darle a su único hijo a una disciplina férrea, sobre todo, a partir del fallecimiento de su marido cuando Lovecraft tenía apenas ocho años, víctima de una crisis nerviosa desencadenada cinco años atrás. Además de su apabullante madre, también intervinieron en la educación del pequeño, sus dos tías y su abuelo materno, que era el único que realmente le comprendía, los cuales convivían en su casa familiar. Así, no es de extrañar que el pequeño H.P., que había heredado la misma constitución nerviosa que su padre, se evadiera desde muy pequeño de la férula educativa, rodeado por parajes sombríos y apartados para hacer vagar a sus anchas su desbordante imaginación. Se ensimismaba en la observación de sorprendentes detalles y llenaba el escenario de hadas y personajes sobrenaturales.

Tenía catorce años cuando su abuelo falleció y, sumado al hecho de que se vieron obligados a abandonar su hogar por escasez económica, Lovecraft vio su salud mental seriamente afectada, tanto que incluso llegó a considerar el suicidio como una opción.

Durante esos momentos tan duros, decidió recluirse en casa y escribir y, en 1906 una carta suya sería publicada en el Providence Journal, a esta le seguirían otras publicaciones del estilo y, para cuando Lovecraft regresó al colegio ya tenía cierta fama.

Empezó a escribir poesía y ensayos a partir de 1908 mientras permanecía recluido voluntariamente en casa, rara vez salía antes de caer la noche y estaba desarrollando una vida de ermitaño, hasta que, en 1914 una carta escrita por él para la revista de ficción *The Argosy* captó la atención Edward F. Daas, presidente de la *United Amateur Press Association* (*UAPA*). Fue invitado a unirse a la organización y a partir de entonces empezó a escribir más regularmente. Durante esta etapa conoció la literatura de Edgar Allan Poe y redactó sus primeros cuentos.

Con el apoyo de la *UAPA*, Lovecraft dio sus primeros pasos como escritor profesional, publicando un relato por primera vez en *The Amateur.*

Tras un matrimonio fallido y una triste vida neoyorquina, Lovecraft regresó a Providence a la casa de sus tías. Y esta época sería la de mayor producción literaria, pues fue cuando escribió las que son hoy sus obras más conocidas y famosas. A partir de ahí tomaría el vuelo como una voz muy importante en el género de terror y misterio, del que sería uno de sus más grandes exponentes, sobre todo después de su muerte y por el extenso legado de su obra.

H. P. Lovecraft falleció por una enfermedad muy prolongada el 15 de marzo de 1937. Murió casi en la pobreza debido a las dificultades económicas producidas por su vida literaria y la mala administración de sus bienes heredados.

En este volumen, encontrará un recopilatorio de algunos de sus cuentos, escogidos especialmente por considerarse que son una muestra perfecta del terror que lo caracterizó. Los relatos son: *El color que cayó del cielo, La maldición que cayó sobre Sarnath, El horror de Red Hook* y *El horror oculto.*

EL COLOR QUE CAYÓ DEL CIELO

Al Oeste de Arkham las colinas se levantan selváticas y hay valles con profundos bosques donde nunca se ha escuchado el sonido de un hacha. Hay oscuras y delgadas cañadas donde los árboles se inclinan fantásticamente y donde corren estrechos arroyos que nunca han atrapado el reflejo de la luz solar. En las laderas menos rústicas hay casas de trabajo, viejas y rocosas, con paredes cubiertas de musgo que mastican eternamente los misterios de la Nueva Inglaterra, pero ahora todas ellas están desocupadas, desmoronándose sus grandes chimeneas y las paredes encorvándose bajo los techos de tipo holandés.

Sus viejos habitantes se marcharon y a los extranjeros no les gusta vivir allí. Los francocanadienses lo han intentado, los italianos lo han intentado, y los polacos llegaron y se fueron. Y ello no se debe a nada que pueda ser oído, visto, o tocado, sino a causa de algo totalmente imaginario. El lugar no es bueno para la imaginación y no brinda sueños reparadores durante la noche. Esta debe ser la causa que mantiene a los extranjeros alejados del lugar, ya que el viejo Ammi Pierce no les ha narrado nunca lo que él recuerda de los extraños días. Ammi, cuya mente ha estado un poco alterada durante años, es el único que permanece allí y el único que menciona los extraños días, y se atreve a hacerlo, porque su vivienda está muy cerca del campo abierto y de los caminos que encierran a Arkham.

En otros tiempos había un camino, sobre las colinas y a través de los valles, que corría en línea recta donde ahora hay un marchito erial o terreno baldío, pero la gente dejó de usarlo y se construyó un nuevo camino que da un giro hacia el sur. Entre lo selvático del terreno pueden hallarse aún huellas del viejo camino a pesar de que el monte lo ha invadido todo. Luego, los sombríos bosques se aclaran y el terreno muere al borde de unas aguas azules cuya superficie refleja el cielo y reluce al sol. Y los secretos de los extraños días se mezclan con los secretos de las profundidades, se mezclan con la oculta sabiduría del antiguo océano y con todo el misterio de la prehistórica tierra.

Cuando llegué a las colinas y a los valles para delimitar los terrenos destinados al nuevo estanque, me dijeron que el lugar estaba embrujado. Así me dijeron en Arkham, y como este es un pueblo muy viejo plagado de leyendas de brujas, imaginé que lo de embrujado debía ser algo que las abuelas habían murmurado a los niños a través de los años. El nombre de "marchito erial" me pareció muy exagerado y teatral y me pregunté cómo habría llegado a formar parte de las leyendas de un pueblo puritano. Luego observé con mis propios ojos aquellas cañadas y laderas y ya no me extrañó que estuvieran cubiertas de una leyenda de misterio. Las vi por la mañana, pero a pesar de ello estaban hundidas en la sombra. Los árboles crecían demasiado juntos y sus troncos eran demasiado grandes tratándose de árboles de Nueva Inglaterra. En los tenebrosos caminos del bosque había demasiado silencio y el suelo estaba demasiado flojo con el musgo húmedo y los restos de los incontables años de descomposición.

En los espacios abiertos, principalmente a lo largo de

la línea del viejo camino, había pequeñas casas de trabajo, algunas veces con todas sus estructuras en pie, a veces solo con un par de ellas, y a veces con una simple chimenea o una devastada bodega. La maleza crecía por todas partes y seres ocultos cuchicheaban en el subsuelo. Sobre todas las cosas pesaba una sensación rara, un toque estrafalario de irrealidad, como si algún elemento vital de perspectiva o de claroscuro no existiera. No se me hizo raro que los extranjeros no quisieran quedarse allí, ya que aquel no era una territorio que invitara a dormir en él. Su apariencia recordaba excesivamente el de un paisaje extraído de un cuento de terror.

Pero nada de lo que había observado podía compararse, en lo que a tristeza respecta, con el marchito erial. Se encontraba en el fondo de un gran valle, ningún otro nombre hubiera podido emplearse con más propiedad, ni ninguna otra cosa se adaptaba tan adecuadamente a un nombre. Era como si un escritor hubiese acuñado la frase después de haber visto aquel terreno. Mientras la miraba, pensé que era el resultado de un incendio, pero, ¿por qué no había nacido nunca nada sobre aquellas cinco hectáreas de oscura desolación que se extendían bajo el cielo como una gran sombra socavada por el ácido entre campos y bosques? Fluye en gran parte hacia el norte de la estría del antiguo camino, pero penetra un poco el otro lado. Mientras me acercaba sentí una extraña sensación de desagrado y solo me decidí a hacerlo porque mi trabajo me lo exigía. En aquella amplia extensión de terreno no había plantas de ningún tipo, solo había un manto de fino polvo gris o ceniza que ningún viento parecía ser capaz de empujar. Los árboles más cercanos tenían una apariencia raquítica y enfermiza y muchos de ellos lucían muertos o con los troncos podridos. Mientras avanzaba apresuradamente vi a mi derecha los arruinados restos de una casa de trabajo y la oscura boca de un pozo abandonado cuyos suspendidos vapores tomaban un extraño tono al ser bañados por la luz del sol. El desolado paisaje hizo que ya no me sorprendieran los sobrecogidos susurros de los habitantes de Arkham. En los alrededores no había construcciones ni ruinas de ninguna clase, incluso en los viejos tiempos el lugar era solitario y apartado. Y a la hora del anochecer, temeroso de transitar de nuevo por aquel siniestro lugar, tomé la ruta hacia el sur, a pesar de que implicaba dar una gran vuelta.

Por la noche les pregunté a algunos pobladores de Arkham acerca del marchito erial y les pregunté también qué significado tenía la expresión "los extraños días" que había oído susurrar tan evasivamente. Sin embargo, no pude lograr ni una respuesta concreta y lo único que logré aclarar era que el misterio se originaba en una fecha mucho más cercana a lo que había imaginado. No se trataba de una antigua leyenda, ni mucho menos, sino de algo que había sucedido en vida de los que conversaban conmigo. Había sucedido en los años ochenta. Una familia desapareció o fue asesinada. Los detalles eran algo imprecisos y como todos aquellos con quienes conversé me insistieron en que no prestara atención a las fabulosas historias del anciano Ammi Pierce, decidí ir a verlo a la mañana siguiente, después de saber que vivía solo en una arruinada casa que se encontraba en el lugar donde los árboles comienzan a espesarse. Era un lugar muy antiguo y había empezado a brotar el leve olor supurante que se desprende de las casas que han estado en pie excesivo tiempo. Tuve que llamar con insistencia para que el anciano se levantara y cuando se asomó tímidamente a la puerta pude notar que no se complacía de verme. No se hallaba tan débil como yo había esperado, sin embargo, sus ojos parecían carentes de vida y sus harapientas ropas y su blanca barba le daban una apariencia enfermiza y decaída.

No sabiendo cómo dirigir la conversación para que me narrara sus "fantásticas historias", simulé que el trabajo al que estaba dedicado me había orientado hasta allí. Le hablé de ello al viejo Ammi, haciéndole algunas preguntas sencillas sobre el distrito. Ammi Pierce era un hombre más culto y más educado de lo que me habían mencionado y se mostró más tolerante que cualquiera de las personas con los que había hablado en Arkham. No era como otros campesinos que había conocido en las áreas donde iban a realizarse las excavaciones. Tampoco se quejó por los kilómetros de viejo bosque y tierras de labor que iban a desaparecer bajo las aguas, aunque tal vez su posición hubiera sido diferente de no haber tenido su hogar fuera de los límites del futuro lago. Lo único que manifestó fue alivio. Alivio frente a la idea de que los valles por los cuales había deambulado toda su vida iban a desaparecer. Estarían mejor debajo del agua... mejor debajo del agua desde los extraños días. Y, al pronunciar esto, su áspera voz se hizo más apagada, mientras su cuerpo se reclinaba hacia delante y el dedo índice de su mano derecha comenzaba a apuntar de manera temblorosa e impresionante.

Fue entonces cuando escuché la historia, y mientras la profunda voz avanzaba en su narración, con una especie de misterioso murmullo, temblé una y otra vez aunque estábamos en pleno verano. Tuve que detener al anciano con frecuencia para aclarar puntos científicos que solo él sabía a través de lo que había mencionado un profesor —cuyas palabras repetía como un loro— aunque su memoria había empezado ya a decaer, o para hacer un enlace entre dato y dato cuando fallaba su sentido de la lógica y de la secuencia. Cuando terminó, no me extrañó que su cabeza estuviera algo desequilibrada, ni que a las personas de Arkham no le gustara mencionar el marchito erial. Me di prisa para regresar a mi hotel antes de la caída del sol, ya que no quería ver las estrellas sobre mi cabeza hallándome al aire libre. Al día siguiente volví a Boston para dar mi informe. No podía regresar nuevamente a aquel oscuro caos de viejos bosques y laderas, ni enfrentarme de nuevo con aquel terreno gris donde el negro pozo abría su boca al lado de los devastados restos de una casa de trabajo. El lago iba a ser construido inmediatamente y todos aquellos viejos secretos quedarían sumergidos para siempre bajo las profundas aguas. Pero creo que ni cuando esto sea una realidad, me gustará visitar esa región por la noche… Al menos, no cuando resplandecen en el cielo las amenazadoras estrellas.

Todo comenzó con el meteorito, dijo el viejo Ammi. Antiguamente no se habían escuchado leyendas de ninguna clase, e inclusive, en la antigua era de las brujas, aquellos bosques occidentales no eran ni la mitad de temidos que la pequeña isla del Miskatonic, donde el demonio daba audiencias al lado de un raro altar de piedra más arcaico que los indios. Aquellos bosques no eran embrujados y su profunda oscuridad no fue terrible nunca hasta los extraños días. Luego llegó aquella blanca nube meridional, se produjo aquella cadena de explosiones en el aire y aquella columna de humo en el valle, y durante la noche, todo Arkham se enteró de que una inmensa piedra había caído del cielo y se había incrustado en la tierra, al lado del pozo de la casa de Nahum Gardner. La casa que se había construido en el lugar que ahora era el marchito erial.

Nahum había ido al pueblo para relatar lo de la piedra y al pasar ante la casa de Ammi Pierce se lo había narrado también. En aquella época Ammi tenía cuarenta años y todos los acontecimientos extraños estaban profundamente guardados en su cerebro. Ammi y su esposa habían apoyado a los tres profesores de la Universidad de Miskatonic que llegaron la mañana siguiente para ver al fantástico visitante que venía del desconocido espacio estelar y preguntaron cómo era que Nahum había mencionado el día antes que era muy grande. Nahum, mostrando la oscura mole que estaba al lado de su pozo, dijo que se había reducido. Pero los sabios contestaron que las piedras no se reducen. Su calor brotaba insistentemente y Nahum declaró que había resplandecido débilmente toda la noche. Los profesores martillaron la piedra con un martillo de geólogo y reconocieron que era sorprendentemente blanda. En verdad, era tan blanda como si fuera falsa y arrancaron, más bien perforaron, una muestra para llevársela a la Universidad a fin de estudiar su composición. Tuvieron que colocarla en un recipiente que le pidieron prestado a Nahum, ya que el pequeño trozo no perdía calor. En su viaje de retorno se detuvieron a reposar en la casa de Ammi y se quedaron pensativos cuando la señora Pierce notó que el fragmento estaba haciéndose más pequeño y había comenzado a quemar el fondo del recipiente. Realmente no era muy grande, pero tal vez habían cogido un trozo más pequeño de lo que habían supuesto.

Al día siguiente —todo esto sucedía el mes de junio de 1882—, los profesores se presentaron de nuevo, muy emocionados. Al pasar por la casa de Ammi le dijeron lo que había ocurrido con la muestra, diciendo que había desaparecido por completo cuando la colocaron en un recipiente de cristal. El recipiente también había desaparecido y los profesores mencionaron la extraña afinidad de la piedra con el silicón. Se había comportado de un modo insólito en aquel laboratorio perfectamente ordenado, sin sufrir ningún cambio ni expeler ningún gas al ser calentada al carbón, mostrándose totalmente negativa al ser tratada con bórax y no volátil ante cualquier temperatura, incluyendo la del soplete de oxihidrógeno. En el yunque se mostró como muy maleable y en la oscuridad su luminosidad era muy visible. Negándose obstinadamente a enfriarse causó un gran entusiasmo entre los profesores, y cuando al ser calentada mostró ante el espectroscopio unas bandas luminosas distintas a las de cualquier color conocido del espectro normal, se discutió sobre nuevos elementos, raras características ópticas y de todas esas cosas que los curiosos hombres de ciencia suelen mencionar cuando se encuentran ante lo desconocido.

Caliente como estaba, fue estudiada en un crisol con todos los reactivos adecuados. El agua no hizo nada. Ni el ácido clorhídrico. El ácido nítrico e incluso el agua regia se limitaron a resbalar sobre su abrasadora resistencia. Ammi se halló con algunas dificultades para recordar todas esas cosas, pero recordó algunos solventes a medida que se los nombraba en el habitual orden de utilización: amoníaco y soda cáustica, alcohol y éter, bisulfito de carbono y una docena adicional, pero, a pesar de que el peso se iba reduciendo con el paso del tiempo y de que el fragmento parecía enfriarse muy levemente, los disolventes no mostraron ningún cambio que demostrara que habían afectado a la sustancia. Desde luego, se trataba de un metal. Era magnético en grado extremo y después de sumergirlo en los disolventes ácidos, de acuerdo con los datos de Widmanstalten, parecían notarse ligeras huellas de la existencia de hierro meteórico. Cuando el enfriamiento fue notable colocaron el trozo en un recipiente de cristal para hacer más pruebas y a la mañana siguiente, fragmento y recipiente habían desaparecido sin dejar huella, solamente una señal chamuscada en el anaquel de madera donde los habían colocado probaba que ciertamente había estado allí.

Eso fue lo que los profesores le narraron a Ammi mientras reposaban en su casa y fue con ellos, una vez más, a ver el pétreo enviado de las estrellas aunque en esta oportunidad no lo acompañó su esposa. Verificaron que la piedra realmente se había encogido y ni siquiera los más incrédulos de los profesores pudieron dudar de lo que estaban viendo. Rodeando la masa pardusca situada al lado del pozo había un espacio vacío, un espacio que era 50 centímetros menor que el día anterior. Aún estaba caliente y los sabios investigaron su superficie con curiosidad mientras separaban otro trozo mucho mayor que el que se habían llevado. Esta vez profundizaron más en la masa de piedra y de este modo pudieron darse cuenta de que el núcleo central no era totalmente homogéneo.

Dejaron al descubierto lo que aparentaba ser la cara exterior de un glóbulo incrustado en la sustancia. El color, similar al de las bandas del raro espectro del meteoro, era prácticamente imposible de describir y solo por semejanza se atrevieron a llamarlo color. Su contextura era resplandeciente y parecía vidriosa y hueca. Uno de los profesores golpeó levemente el glóbulo con un martillo y estalló con un leve crujido. Del interior no salió nada y el glóbulo se esfumó como por arte de magia dejando un espacio esférico de unos diez centímetros de diámetro, Los profesores creyeron que era posible que surgieran otros glóbulos a medida que la sustancia envolvente se fuera encogiendo.

La suposición fue equivocada, ya que los investigadores no lograron encontrar otro glóbulo, a pesar de que taladraron la masa por diversos lugares. En consecuencia, decidieron llevarse la nueva muestra que habían tomado, cuya conducta en el laboratorio fue tan sorprendente como la de su predecesora. Aparte de ser casi plástica, generar calor, magnetismo y ligera luminosidad, de enfriarse ligeramente en poderosos ácidos, perder peso y volumen en el aire y atacar a los compuestos de silicón con el resultado de una mutua desaparición, la piedra no mostraba características de identificación y al fin de las pruebas, los científicos de la Universidad se vieron forzados a reconocer que no podían clasificarla. No era nada de este planeta sino un pedazo del espacio exterior, y como tal, tenía propiedades exteriores y desconocidas y cumplía leyes exteriores y desconocidas.

Aquella noche hubo una tempestad y cuando, al día siguiente, los profesores fueron a casa de Nahum se encontraron con una terrible sorpresa. La piedra, magnética como era, debió poseer alguna característica eléctrica particular ya que había "atraído al rayo", como dijo Nahum, con una particular insistencia. En el lapso de una hora el granjero observó cómo el rayo hería seis veces la masa que se hallaba junto al pozo y al terminar la tormenta descubrió que la piedra había desaparecido. Los científicos, hondamente decepcionados, tras evidenciar el hecho de la total desaparición, decidieron que lo único que podían hacer era volver al laboratorio y seguir analizando el trozo que se habían llevado el día anterior, y que, como medida de precaución, habían guardado en una caja de plomo. El fragmento duró una semana, pasada la cual no se había logrado ningún resultado positivo. La piedra se esfumó sin dejar ningún residuo y con el tiempo los científicos apenas creían que habían observado realmente aquella misteriosa huella de los insondables espacios exteriores, aquel solitario, fabuloso mensaje de otros universos y otros reinos de materia, energía y ser.

Como era de esperar, los periódicos de Arkham mencionaron mucho el incidente y enviaron a sus periodistas a entrevistar a Nahum y a su familia. Un rotativo de Boston envió también su reportero y, rápidamente, Nahum se convirtió en una especie de celebridad en la zona. Era un hombre delgado, de unos cincuenta años, que vivía del producto de lo que sembraba en el valle con su esposa y sus tres hijos. Él y Ammi se hacían visitas con frecuencia, lo mismo que sus esposas, y Ammi solo tenía expresiones de aprobación para él después de todos aquel tiempo. Parecía estar orgulloso de la atención que había despertado el lugar y durante las semanas que continuaron a su aparición y desaparición habló con frecuencia del meteorito. Los meses de julio y agosto fueron calurosos y Nahum trabajó firmemente en sus campos y las faenas agrícolas lo agotaron más de lo que lo habían agotado otros años, por lo que llegó a la conclusión de que los años habían comenzado a pesarle.

Luego llegó el momento de la recolección. Las peras y las manzanas maduraban muy lentamente y Nahum afirmaba que sus huertos tenían un aspecto más próspero que nunca. La fruta crecía hasta obtener un tamaño colosal y un brillo musitado y su abundancia fue tal que Nahum tuvo que adquirir unos cuantos envases más a fin de poder empaquetar la futura cosecha. Pero con la maduración llegó una terrible sorpresa, ya que toda aquella fruta de hermosísima apariencia resultó incomible. En vez del delicado sabor de las peras y manzanas, la fruta tenía un amargo intolerable. Lo mismo ocurrió con los melones y los tomates, y Nahum observó con tristeza cómo se perdía toda su cosecha. Buscando una razón para aquel hecho, no tardó en expresar que el meteorito había contaminado el suelo y dio gracias al cielo porque la mayor parte de las demás cosechas se hallaban en las tierras elevadas a lo largo del camino.

El invierno llegó muy pronto y fue muy frío. Ammi veía a Nahum con menor frecuencia que de costumbre y notó que comenzaba a mostrar un aspecto preocupado. También el resto de la familia había adquirido una apariencia taciturna y fueron distanciando sus visitas a la iglesia y su presencia en los diversos eventos sociales de la comarca. No pudo hallarse ninguna razón para aquella prudencia o melancolía, aunque todos los habitantes de la casa daban señales, de vez en cuando, del deterioro de su estado de salud física y mental. Esto se hizo más incuestionable cuando el propio Nahum mencionó que estaba preocupado por ciertas marcas de pasos que había visto en la nieve. Se trataba de las acostumbradas huellas invernales de las ardillas rojas, de los conejos blancos y de los zorros, pero el pensativo granjero aseveró que hallaba algo raro en la naturaleza y distribución de aquellas huellas. No fue más explícito, pero parecía creer que no era característica de la forma y los hábitos de ardillas y conejos y zorros. Ammi no prestó mucha atención a todo aquello hasta una noche que circuló por delante de la casa de Nahum en su trineo, en el camino de regreso de Clark's Corners. En el cielo resplandecía la luna y un conejo cruzó saltando el camino y los saltos de aquel conejo eran más largos de lo que les hubiera gustado a Ammi y a su caballo. Este último, en realidad, se hubiera desbocado si su dueño no hubiera agarrado las riendas con mano firme. A partir de entonces, Ammi mostró un mayor interés por las historias que narraba Nahum y se preguntó por qué los perros de Gardner parecían estar tan estremecidos y miedosos cada mañana. Hasta habían perdido la fuerza para ladrar.

En el mes de febrero los jóvenes de McGregor, de Meadow Hill, salieron a cazar marmotas y no lejos de las tierras de Gardner atraparon un ejemplar muy particular. Las proporciones de su cuerpo lucían ligeramente modificadas de un modo muy extraño, imposible de describir, a la vez que su rostro tenía una expresión que nadie había observado en el rostro de una marmota hasta entonces. Los muchachos quedaron abiertamente asustados y tiraron inmediatamente el animal, de manera que por el poblado solo circuló la horrenda historia que los mismos jóvenes contaron. Y esto, sumado a la historia del conejo que asustaba a los caballos en las cercanías de la casa de Nahum, dio paso a que comenzara a tomar forma una leyenda susurrada en voz baja.

La gente decía que la nieve se había derretido mucho más rápidamente en los alrededores de la casa de Nahum que en otros lugares y a principios de marzo se produjo una emocionada discusión en la tienda de Potter, de Clark's Corners. Stephen Rice había circulado por las tierras de Gardner a primera hora de la mañana y había notado que la hierba fétida empezaba a crecer en todo el fangoso suelo. Hasta ese momento no se había visto hierba fétida de aquel tamaño y su color era tan extraño que no podía ser descrito con palabras. Su forma era monstruosa y el caballo había relinchado lastimosamente ante la existencia de un olor que también hirió, desagradablemente, el olfato de Stephen. Esa misma tarde varias personas fueron a observar con sus propios ojos aquella anormalidad y todas estuvieron de acuerdo en que una vegetación de aquella clase no podía brotar en un ambiente saludable. Se nombraron de nuevo las frutas amargas de la cosecha anterior y circuló de boca en boca que las tierras de Nahum estaban envenenadas. Estaba claro que se trataba del meteorito, y recordando lo raro que les había parecido a los científicos de la Universidad, varios granjeros conversaron del asunto con ellos.

Un día, hicieron una visita a Nahum, pero como eran unos hombres que no daban crédito con facilidad a las leyendas, sus conclusiones fueron muy moderadas. Las plantas eran extrañas, desde luego, pero toda la hierba fétida es más o menos rara en su forma y en su color. Quizá algún compuesto mineral del meteorito había contaminado la tierra, pero no tardaría en desaparecer. Y en cuanto a las huellas en la nieve y a los caballos espantados… solo se trataba de rumores sin fundamento que habían surgido a consecuencia de la caída del meteorito. Pero estos hombres serios no podían considerar las habladurías de los campesinos, ya que los supersticiosos agricultores dicen y creen cualquier cosa. Esa fue la sentencia de los profesores sobre los extraños días. Solo uno de ellos, responsable de analizar dos círculos de polvo en el transcurso de una investigación policíaca, año y medio más tarde, recordó que el raro color de la hierba fétida era muy similar al de las insólitas bandas de luz que mostró el fragmento del meteoro en el espectroscopio de la Universidad y a la del glóbulo que hallaran en el interior de la piedra. En el análisis que el mencionado profesor realizó, las muestras mostraron al principio las mismas insólitas bandas, aunque luego perdieran la propiedad.

Alrededor de la casa de Nahum los árboles florecieron prematuramente y por la noche se mecían odiosamente al viento. El segundo hijo de Nahum, Thaddeus, un joven de quince años, juraba que los árboles se mecían también cuando no hacía viento, pero ni siquiera los más charlatanes dieron crédito a esto. Desde luego, en el ambiente había algo raro. Toda la familia Gardner desarrolló el hábito de quedarse escuchando, aunque no esperaban oír ningún sonido al cual pudieran nombrar. La escucha era consecuencia, en realidad, de momentos en que la razón parecía haberse desvanecido en ellos. Lamentablemente, esos momentos eran más repetidos a medida que pasaban los días, hasta que la gente comenzó a murmurar que toda la familia de Nahum estaba mal de la cabeza. Cuando brotó la primera planta saxífraga, su color también era muy extraño, no completamente igual al de la hierba fétida, pero indudablemente similar a él e igualmente desconocido para quienquiera que lo viera. Nahum tomó algunos capullos y se los llevó a Arkham para mostrarlos al editor de la *Gazette*, pero aquel señor se limitó a escribir un artículo chistoso sobre ellos, ridiculizando los temores y las creencias de los campesinos. Fue un error de Nahum contarle a un insulso ciudadano el comportamiento que tenían las mariposas —también de gran tamaño— con relación a aquellas saxífragas.

Abril trajo una especie de locura a los habitantes de la comarca y dejaron de utilizar el camino que pasaba por las tierras de Nahum, hasta abandonarlo por completo. Era la vegetación. Los retoños de los árboles tenían unos raros colores y a través del suelo de piedra del patio y en los campos contiguos crecían unas plantas que exclusivamente un botánico podía vincular con la flora de la región. Pero lo más extraño de todo era el colorido, que no pertenecía a ninguno de los matices que el ojo humano había visto hasta entonces. Plantas y arbustos se transformaron en una aterradora amenaza, creciendo atrevidamente con su cromática perversión. Ammi y los Gardner comentaron que esos colores tenían para ellos una especie de alarmante familiaridad y llegaron a la conclusión de que les recordaba el glóbulo que había sido encontrado dentro del meteoro. Nahum trabajó y sembró las diez hectáreas de terreno que poseía en la parte alta, sin trabajar los terrenos que rodeaban su casa. Sabía que sería trabajo perdido y tenía la ilusión de que aquellas raras hierbas que estaban creciendo erradicarían toda la ponzoña del suelo. Ahora estaba preparado para cualquier cosa, por extraña que pudiera parecer y se había habituado a la sensación de que había algo cerca de él que esperaba ser escuchado. Notar que los vecinos no se acercaban por su casa le molestó, desde luego, pero perturbó todavía más a su esposa. Los chicos no lo notaron tanto porque iban a la escuela todos los días, pero no pudieron evitar percatarse de las habladurías, las cuales los atemorizaron un poco, especialmente a Thaddeus, que era un joven muy sensible.

En mayo llegaron los insectos y la hacienda de Gardner

se transformó en un lugar de pesadilla, lleno de zumbidos y de sinuosidades. La mayoría de aquellos bichos tenían un aspecto insólito y se movían de un modo muy extraño y sus hábitos nocturnos contradecían todas las antiguas experiencias. Los Gardner establecieron el hábito de mantenerse alertas durante la noche. Miraban en todas direcciones en busca de algo, aunque no podían señalar qué. Fue entonces cuando descubrieron que Thaddeus había estado en lo cierto al mencionar lo que sucedía con los árboles. La señora Gardner fue la primera en notarlo una noche que se encontraba en la ventana del cuarto observando la silueta de un arce que se dibujaba contra el cielo iluminado por la luna. Las ramas del arce se estaban moviendo y no había el menor soplo de viento. Movimientos de la savia, seguramente. Las cosas más insólitas resultaban ahora normales. Sin embargo, el siguiente descubrimiento no fue realizado por ningún miembro de la familia Gardner. Se habían acostumbrado a lo anormal al punto de no percatarse de muchos detalles. Y lo que ellos no fueron capaces de observar fue notado por un viajero de comercio de Boston que pasó por allí una noche sin conocer las leyendas que corrían por la región. Lo que contó en Arkham apareció en un breve artículo publicado por la *Gazette* y aquel escrito fue lo que todos los granjeros, incluido Nahum, se echaron primero a los ojos. La noche había sido oscura, pero rodeando una granja del valle —que todo el mundo supo que se refería a la granja de Nahum— la oscuridad había sido menos intensa. Una suave aunque visible luminiscencia parecía brotar de toda la vegetación y en un momento determinado un trozo de aquella fosforescencia se movió furtivamente por el patio que había junto al granero.

Los montes no parecían haber sufrido los efectos de aquella extraña situación y las vacas pastaban libremente cerca de la casa, pero hacia finales de mayo la leche comenzó a ser mala. Entonces Nahum llevó a las vacas a pastar a las tierras altas y la leche volvió a ser buena. Poco después la transformación en la hierba y en las hojas, que hasta ese momento se habían mantenido normalmente verdes, pudo notarse a simple vista. Todos los vegetales adquirieron un color grisáceo y un aspecto vidrioso. Ammi era ahora el único vecino que visitaba a los Gardner y sus visitas fueron espaciándose más y más. Cuando cerraron la escuela, por ser tiempo de vacaciones, los Gardner quedaron prácticamente aislados del mundo y a veces le pedían a Ammi que les hiciera sus compras en el pueblo. Continuaban empeorando física y mentalmente y nadie quedó impresionado cuando rodó la noticia de que la señora Gardner había enloquecido.

Esto ocurrió en junio, alrededor del primer aniversario de la caída del meteoro y la pobre mujer comenzó a gritar que distinguía cosas en el aire, cosas que no podía describir. En su locura no pronunciaba ningún nombre propio, sino únicamente verbos y pronombres. Las cosas se movían y cambiaban y revoloteaban, y sus oídos respondían a vibraciones que no eran del todo sonidos. Nahum no la envió al manicomio del condado, sino que dejó que vagara por la casa mientras fuera inocua para sí misma y para los demás. Cuando su condición empeoró no hizo nada. Pero cuando los muchachos comenzaron a asustarse y Thaddeus casi se desmaya al observar la expresión del rostro de su madre al verlo, Nahum decidió recluirla en el ático. En julio, la señora Gardner paró de hablar y comenzó a arrastrarse a cuatro patas y, antes de terminar el mes, Nahum se dio cuenta de que su esposa era levemente luminosa en la oscuridad, tal como sucedía con la vegetación de los contornos de la casa.

Esto ocurrió un poco antes de que los caballos se dieran a la fuga. Algo los había excitado durante la noche y sus relinchos y su cocear habían sido algo espantoso. La mañana siguiente, cuando Nahum abrió la puerta del establo, los animales salieron volando como alma que lleva el diablo. Nahum tardó una semana en encontrar a los cuatro y cuando los encontró se vio obligado a matarlos porque se habían vuelto locos y no había quien los guiara. Nahum le pidió prestado un caballo a Ammi para cargar el heno, pero el animal no quiso entrar al granero. Respingó, se encabritó y relinchó, y al final tuvieron que dejarlo en el patio mientras los hombres arrastraban el carro hasta colocarlo afuera del granero. Mientras, la vegetación iba tornándose gris y vidriosa. Hasta las flores, cuyos colores habían sido tan raros, ahora se tornaban grises, y la fruta era gris, enana e insípida. Los jarillos y el trébol dorado dieron flores grises y deformes, y las rosas, las rascamoños y las malvarrosas del patio delantero tenían un aspecto tan horroroso, que Zenas, el mayor de los hijos de Nahum, las cortó todas. Al mismo tiempo fueron falleciendo todos los insectos, hasta las abejas que habían abandonado sus colmenas.

En septiembre toda la vegetación se había desintegrado convirtiéndose en un polvillo grisáceo, y Nahum temió que los árboles cayeran antes de que el veneno se hubiera evaporado del suelo. Su esposa tenía ahora accesos de furia, durante los cuales emitía unos gritos terribles, y Nahum y sus hijos vivían en un estado de permanente tensión nerviosa. Ya no se relacionaban con nadie y cuando la escuela volvió a abrir sus puertas los chicos no asistieron a ella. Fue Ammi, en una de sus escasas visitas, quien se dio cuenta que el agua del pozo ya no era buena. Tenía un gusto perverso, que no era exactamente fétido ni exactamente salobre y Ammi le recomendó a su amigo que cavara otro pozo en las tierras altas para usarlo hasta que el suelo volviera a ser bueno. Sin embargo, Nahum no hizo el menor caso de aquel consejo, ya que había llegado a insensibilizarse ante las cosas extrañas y desagradables. Él y sus hijos siguieron utilizando la horrenda agua del pozo, bebiéndola con la misma indiferencia con que ingerían sus pocos y mal cocidos alimentos y con la que ejecutaban sus improductivas y monótonas tareas a través de unos días sin intención. Había algo de insensata resignación en todos ellos, como si vivieran en otro mundo, entre filas de desconocidos guardianes de un lugar seguro y familiar.

Thaddeus enloqueció en septiembre, después de una visita al pozo. Había ido allí con un recipiente y había vuelto con las manos vacías, encogiendo y batiendo los brazos y mascullando algo sobre "los colores móviles que había allí abajo". Dos locos en una familia consistían un grave problema, pero Nahum se portó audazmente. Dejó que el muchacho circulara a su antojo durante una semana, hasta que empezó a portarse arriesgadamente y entonces lo encerró en el ático, frente a la habitación ocupada por su madre. El modo como se gritaban el uno al otro desde atrás de sus cerradas puertas era algo espantoso, en particular para el pequeño Merwin que imaginaba que su madre y su hermano hablaban en algún temible lenguaje que no era de este mundo. Merwin se estaba transformando en un chiquillo peligrosamente imaginativo y su condición empeoró desde que encerraron al hermano que había sido su mejor compañero de juegos.

Casi al mismo tiempo comenzó a morir el ganado. Las aves de corral se tornaron de color gris y murieron rápidamente. Los puercos engordaron desordenadamente y más tarde comenzaron a sufrir repugnantes cambios que nadie podía explicar. Desde luego, la carne no podía aprovecharse, y Nahum no sabía ni qué pensar ni qué hacer. Ningún veterinario campestre quiso acercarse hasta su casa y el veterinario de Arkham quedó verdaderamente desconcertado. Todo resultaba demasiado inexplicable ya que aquellos animales no habían sido alimentados con la vegetación contaminada. Después les llegó el turno a las vacas. Ciertas áreas, y en ocasiones el cuerpo entero, aparecieron anormalmente inflamadas o comprimidas y aquellas deformaciones fueron proseguidas de terribles colapsos o desintegraciones. En las últimas etapas —que terminaban siempre con la muerte— se tornaban de color grisáceo y un aspecto quebradizo, tal como había ocurrido con los puercos. En el caso de las vacas no podía atribuirse al veneno ya que estaban encerradas en el establo. Ningún ataque de un animal salvaje podía haber transmitido el virus, ya que no hay ningún animal terrestre que pueda atravesar objetos sólidos. Debía tratarse de una enfermedad nativa… aunque no era posible sospechar qué tipo de enfermedad producía aquellos terribles resultados. En el momento de la cosecha no quedaba ningún animal vivo en la casa, ya que el ganado y las aves de corral habían muerto y los perros habían escapado. Los perros, que eran tres, se habían esfumado una noche y no volvieron a aparecer. Los gatos, que eran cinco, se habían escapado un poco antes, pero apenas fue notada su desaparición, ya que en la casa ahora no había ratones y solo la señora Gardner sentía algún apego por los graciosos mininos.

El 19 de octubre Nahum se presentó en casa de Ammi con terribles noticias. La muerte había atrapado al pobre Thaddeus en su estancia del ático y lo había atrapado de una forma que no podía ser contada. Nahum cavó una tumba en la parte de atrás de la granja y sepultó allí lo que encontró en la habitación. En la estancia no podía haber entrado nadie, ya que la pequeña ventana con rejas y la cerradura de la puerta estaban indemnes, pero lo que había pasado tenía muchos puntos en común con lo ocurrido en el establo. Ammi y su mujer confortaron al afligido granjero lo mejor que pudieron, aunque no consiguieron evitar una sacudida. El terror parecía habitar junto a los Gardner y todo lo que estaba cerca, y la sola presencia de uno de ellos en la casa, era como el aliento de regiones sin nombre e innombrables. Ammi siguió a Nahum hasta su hogar de muy mala gana e hizo un esfuerzo para calmar los descontrolados lloriqueos del pequeño Merwin. Zenas, en cambio, no tenía que ser calmado. Se hallaba en un estado de absoluto desconcierto y se limitaba a observar fijamente un punto perdido del espacio y a realizar aquello que su padre le ordenaba. Ammi pensó que ese estado de indiferencia era lo mejor que podía sucederle. Eventualmente, los gritos de Merwin eran objetados desde el ático y en respuesta a un gesto de interrogación, Nahum comentó que su esposa estaba muy frágil. Cuando se aproximaba la noche, Ammi se las ingenió para irse, ya que ningún sentimiento de amistad lograría hacerle continuar en ese sitio cuando la vegetación empezaba a resplandecer débilmente y los árboles podían moverse o no, aunque no soplara el viento. El hecho de que no haber sido una persona imaginativa fue una fortuna para Ammi, ya que de haberlo sido, de haber podido conectar y razonar sobre todos los hechos que lo rodeaban, no cabe duda de que hubiese perdido la cordura. A la hora del anochecer regresó rápidamente a su casa, sintiendo en sus oídos el terrible resonar de los gritos del pequeño Merwin y de su madre.

Tres días después Nahum se presentó en casa de Ammi muy temprano y, en ausencia de este último, le contó a la señora Pierce una terrible historia que ella oyó tiritando de miedo. Esta vez se trataba del pequeño Merwin. Se había esfumado. Cuando era de noche salió de la casa con una lámpara y un recipiente para traer agua y no había vuelto. Hacía días que su comportamiento no era normal y se aterraba por todo. El padre escuchó un delirante grito en el patio, pero cuando abrió la puerta y lo buscó el pequeño había desaparecido. No había ni vestigio de él y en ninguna parte brillaba la lámpara que se había llevado. En ese momento, Nahum pensó que el farol y el recipiente habían desaparecido, pero al amanecer, cuando regresó de la búsqueda durante toda la noche por campos y bosques, Nahum observó unos objetos muy raros cercanos al pozo: una retorcida y semifundida masa de hierro, que indudablemente había sido la lámpara y junto a ella una empuñadura doblada junto a otra masa de hierro, también retorcida y semifundida, que pertenecía al recipiente. Después de eso, Nahum pensaba lo impensable. La señora Pierce estaba aturdida y cuando Ammi llegó a casa y escuchó la historia no pudo hacer ningún comentario. Merwin había desaparecido y sería infructuoso comentárselo a la gente que habitaba los alrededores y que esquivaban a los Gardner como si fueran la peste. Tan infructuoso como narrárselo a los habitantes de Arkham que se burlaban de todo. Thaddeus había desaparecido primero, y ahora había desaparecido Merwin. Algo estaba avanzando y avanzando, insistiendo en ser visto y oído. Nahum no tardaría en morir, y deseaba que Ammi cuidara de su esposa y de Zenas, si es que lo sobrevivían. Todo lo ocurrido era un castigo de algún tipo, pero Nahum no podía imaginar a qué se debía, ya que siempre había vivido en el más sagrado temor de Dios.

Luego, Ammi no tuvo ninguna noticia de Nahum durante más de dos semanas y preocupado por lo que pudiera haber pasado, controló sus miedos y realizó una visita a la casa de los Gardner. No salía humo de la chimenea y por breves instantes el visitante imaginó lo peor. La apariencia de la granja era chocante, hierba y hojas grisáceas en el suelo, plantas cayéndose a trozos de viejas paredes y aleros y grandes árboles desnudos dibujándose perversamente contra el cielo gris de noviembre. Ammi no pudo dejar de ver que se había producido una pequeña variación en la inclinación de las ramas. Después de todo, Nahum continuaba vivo. Parecía muy débil y descansaba en un catre en la cocina de techo bajo, conservaba la inteligencia y seguía dando indicaciones a Zenas. El lugar estaba mortalmente frío y al notar que Ammi temblaba, Nahum le pidió a Zenas que trajera más leña. En realidad, la leña era necesaria, ya que el lúgubre hogar estaba vacío y silencioso y el viento que se colaba por la chimenea era gélido. Al momento, Nahum le preguntó si la leña que había traído su hijo lo hacía

EL COLOR QUE CAYÓ DEL CIELO

sentirse más confortable y entonces Ammi se dio cuenta de lo que había sucedido. Finalmente, el pensamiento del granjero había dejado de soportar la extrema presión de los acontecimientos. Interrogando cuidadosamente a su vecino, Ammi no logró poner en claro qué le había sucedido a Zenas. "En el pozo... habita en el pozo...", fue todo lo que dijo su padre.

Luego Ammi recordó repentinamente a la perturbada esposa y cambió de tema. "¿Nabby? Está aquí, desde luego...", fue la insólita respuesta del pobre Nahum y Ammi no tardó en reconocer que tendría que investigar por sí mismo. Dejando al inofensivo granjero en su catre, tomó las llaves que estaban colgadas detrás de la puerta y subió los crujientes escalones que se dirigían al ático. La parte alta de la casa estaba totalmente silenciosa y no se oía el menor sonido en ninguna dirección. De las cuatro puertas visibles, solo una estaba cerrada, y en ella comprobó Ammi varias llaves del puñado que había cogido. Al tercer intento la cerradura giró y Ammi empujó la puerta pintada de blanco.

El interior del cuarto estaba totalmente a oscuras, ya que la ventana era muy pequeña y estaba medio cubierta por las rejas de hierro y Ammi no pudo ver absolutamente nada. El aire estaba muy cargado y antes de continuar adelante tuvo que ir a otra habitación para llenarse los pulmones de aire oxigenado. Cuando volvió a entrar observó algo oscuro en un rincón y cuando se acercó no pudo evitar dar un grito de espanto. Mientras gritaba imaginó que una repentina nube había cubierto la poca claridad que entraba por la ventana y un instante más tarde se sintió tocado por una horrenda corriente de vapor. Unos extraños colores bailaron delante de sus ojos y si el horror que sentía en aquellos momentos no le hubiera impedido ordenar sus ideas hubiera recordado el glóbulo que el martillo de geólogo había destrozado en el interior del meteorito y la perniciosa vegetación que había brotado durante la primavera. Pero, en las condiciones en que estaba, solo pudo pensar en la espantosa monstruosidad que tenía frente a él y que sin duda alguna había acompañado el desconocido destino del joven Thaddeus y del ganado. Pero lo más espantoso de todo era que aquel espanto se movía lenta y visiblemente mientras seguía resquebrajándose.

Ammi no me brindó más detalles de aquella visión, pero la figura del rincón no reapareció en su relato como un objeto movible. Hay cosas que no pueden ser señaladas y, a veces, lo que se hace por humanidad es duramente juzgado por la ley. Adiviné que en aquella habitación del ático no quedó nada que pudiera moverse y que no dejar allí nada capaz de moverse debió de ser algo espantoso y capaz de conducir a un eterno suplicio. Cualquiera, que no fuera un insulso granjero, se hubiera quebrantado o enloquecido, pero Ammi cruzó nuevamente el umbral de la puerta pintada de blanco y enclaustró el espantoso secreto detrás de él. Ahora debía cuidar de Nahum, este tenía que ser atendido, alimentado y llevado a algún lugar donde pudieran cuidar de él.

Cuando comenzaba a bajar la oscura escalera, Ammi oyó un estruendo debajo de él. Inclusive, le pareció haber escuchado un grito y nerviosamente recordó la corriente de vapor que había sentido mientras se encontraba en el cuarto del ático. Abrumado por un ligero temor, escuchó más ruidos debajo de él. Sin duda estaban remolcando algo muy pesado y al mismo tiempo se escuchaba un sonido aún más desagradable, como el que causaría una fuerte succión. Sintiendo aumentar su pánico, pensó en lo que había visto en el ático. ¡Santo cielo! ¿En qué horrible mundo de pesadilla se encontraba? No intentó avanzar ni retroceder, y se quedó quieto, temblando, en la oscura curva del descanso de la escalera. Cada detalle de la escena explotaba de nuevo en su mente.

De pronto se escuchó un relincho frenético que dio el caballo de Ammi, seguido inmediatamente por el ruido de cascos que señalaban una atropellada fuga. En un minuto, caballo y carruaje estaban fuera del alcance de su oído, y quedó el atemorizado Ammi inmóvil en la sombría escalera, imaginando qué podía haberlos llevado a escapar tan repentinamente. Pero eso no fue todo. Otro ruido se produjo en el exterior de la casa. Un cierto chapoteo en el agua… debió haber ocurrido en el pozo. Ammi había dejado a Hello suelto cerca del pozo y algún pequeño animal debió colarse entre sus patas asustándolo y dejándose caer después en el pozo. La casa seguía resplandeciendo con una suave fluorescencia. ¡Dios mío, qué antigua era esa casa! La mayor parte de ella levantada antes de 1670 y el techo holandés más tarde de 1730.

En ese instante se escuchó el sonido de algo que se arrastraba por el suelo de la planta baja y Ammi tomó con fuerza un palo que había agarrado en el ático sin ninguna intención determinada. Tratando de controlar sus nervios, terminó de bajar y se dirigió a la cocina. Pero no llegó hasta allí, ya que lo que buscaba ya no estaba en ese lugar. Había salido a su encuentro y hasta cierto punto aún estaba vivo. Si se había arrastrado o si había sido arrastrado por otras fuerzas, es algo que Ammi no hubiera podido reconocer, pero la muerte había formado parte de ello. Durante la última media hora había pasado todo, pero el proceso de desintegración estaba ya muy avanzado. Frente a él había una espantosa fragilidad debida a lo vidrioso de la materia y del cuerpo caían trozos secos. Ammi no pudo acercarse, limitándose a observar horrorizado la espantosa caricatura de lo que había sido un rostro. "¿Qué ha pasado, Nahum…, qué ha pasado?", preguntó, y los resquebrajados y congestionados labios apenas pudieron susurrar una respuesta final.

"Nada… nada… el color… quema… es frío y húmedo, pero quema… vive en el pozo… lo he visto… es una especie de humo… igual que las flores de la primavera pasada… el pozo brilla por la noche… Se llevó a Thaddeus, a Merwin y a Zenas… todas las cosas vivas… absorbe la vida de todas las cosas… En la piedra… tuvo que llegar en aquella piedra… la aplastaron… era el mismo color… el mismo de las flores y las plantas… tiene que haber más… Crecieron… lo he visto esta semana… tuvo que golpear fuerte a Zenas, él era un chico fuerte y lleno de vida… lo golpea a uno en la mente y luego se apodera de ti… Quema mucho… En el agua del pozo… no pueden sacarlo de allí… ahogarlo… Se ha llevado también a Zenas… tenías razón… el agua está embrujada… ¿Ammi, cómo está Nabby?… mi cabeza no funciona… no sé cuánto tiempo hace que no le he subido comida… la cosa la atacó también a ella… el color… su rostro tiene el mismo color por las noches… y el color quema y absorbe, viene de algún lugar donde las cosas no son como aquí… uno de los profesores lo dijo… Tenía razón, mira, Ammi, está absorbiendo más… absorbiendo la vida…"

Eso fue todo. Aquello que había hablado no pudo hablar más porque se había encogido completamente. Ammi lo arropó con un mantel a cuadros blancos y rojos y escapó de la casa por la puerta de atrás. Subió por la colina que conducía a las tierras altas y volvió a su casa por el camino del norte y los bosques. No pudo circular junto al pozo desde donde había escapado su caballo. Miró hacia el pozo a través de una ventana y recordó el chapoteo que había escuchado… el chapoteo de algo que se había hundido en el pozo después de lo que había hecho con el infeliz Nahum…

Cuando Ammi llegó a su hogar se encontró con que el caballo y el carruaje ya estaban allí y su esposa lo esperaba llena de ansiedad. Después de apaciguarla, sin darle ninguna explicación, se dirigió a Arkham y avisó a las autoridades que la familia Gardner había muerto. No entró en detalles, limitándose a mencionar las muertes de Nahum y de Nabby. La de Thaddeus ya era conocida, y mencionó que la causa de la muerte parecía ser la misma rara enfermedad que había sufrido el ganado. También dijo que Merwin y Zenas habían desaparecido. En la jefatura de policía lo interrogaron largamente y finalmente se vio forzado a acompañar a tres funcionarios a la granja de los Gardner, junto al fiscal, el médico forense y el veterinario que había tratado a los animales enfermos. Ammi fue con ellos de muy mala manera, ya que la tarde estaba avanzada y no deseaba que la noche lo sorprendiera en aquel lugar maldito, aunque era un alivio saber que estaría acompañado de tantas personas.

Los seis hombres se montaron en un carro, siguiendo al carruaje de Ammi y llegaron a la granja cerca de las cuatro.

A pesar de que los agentes estaban habituados a observar espectáculos horripilantes, todos se impresionaron al observar lo que fue encontrado debajo del mantel a cuadros rojos y blancos y en la habitación del ático. La apariencia de la granja con su gris melancolía, ya era bastante espantosa, pero aquellos dos seres retorcidos sobrepasaban toda idea del horror. Nadie pudo observarlos más de un par de segundos e inclusive el médico forense reconoció que allí había muy poco que inspeccionar. Desde luego, podrían estudiarse unas muestras, por lo que él mismo fue responsable de tomarlas... y al parecer aquellas muestras fueron el más enmarañado rompecabezas con que se hallara nunca el laboratorio de la Universidad. Bajo el espectroscopio, las muestras revelaron un espectro desconocido, muchas de sus bandas eran iguales que las que había revelado el extraño meteoro al ser analizado. La propiedad de emitir aquel espectro se esfumó en un mes y el polvo consistía principalmente en fosfatos y carbonatos alcalinos.

Ammi no les hubiera mencionado el pozo de haber sabido que iban a actuar de inmediato. Se acercaba el anochecer y estaba deseoso por largarse de allí. Pero no pudo evitar el dar nerviosas miradas al pozo, detalle que fue notado por uno de los policías quien lo interrogó. Ammi reconoció que Nahum había sentido miedo a algo que estaba oculto en el pozo... al punto que no se había atrevido a verificar si Merwin o Zenas habían caído dentro de él. La policía decidió vaciarlo e investigarlo inmediatamente, de manera que Ammi tuvo que esperar, aterrorizado, mientras el pozo era vaciado cubo a cubo. El agua olía de un modo insoportable y los hombres tuvieron que cubrir sus narices con sus pañuelos para poder finalizar la tarea. Menos mal que hacerlo no fue tan prolongado como habían creído, ya que el nivel del agua era pasmosamente bajo. No es necesario mencionar con demasiados detalles lo que hallaron. Merwin y Zenas estaban ambos allí, aunque sus restos eran fundamentalmente esqueléticos. Había también un pequeño cordero y un gran perro en aproximadamente el mismo estado de putrefacción y mucha cantidad de huesos de animales más pequeños. El limo del fondo lucía inexplicablemente esponjoso y burbujeante y un hombre que bajó amarrado a una cuerda y equipado con una larga pértiga halló que podía hundir la vara en el fango en toda su longitud y no encontrar ningún obstáculo.

La noche ya estaba cayendo y entraron en la casa en busca de lámparas. Más tarde, cuando vieron que ya no podían sacar nada más del pozo, volvieron a entrar en la casa y hablaron en la vieja sala de estar mientras la interrumpida claridad de una sombría media luna alumbraba por momentos la gris aridez del exterior. Los hombres estaban realmente desorientados ante aquel caso y no podían hallar ningún elemento concluyente que vinculara las extrañas condiciones de los vegetales, la desconocida enfermedad del ganado y de las personas, y las extrañas muertes de Merwin y Zenas en el pozo. Desde luego, habían escuchado los comentarios y las murmuraciones de la gente, pero no podían aceptar que hubiese sucedido algo contrario a las leyes naturales. Estaba claro que el meteoro había envenenado el suelo pero la enfermedad de personas y animales que no habían ingerido nada nacido de aquel suelo era harina de otro costal. ¿Sería el agua del pozo? Posiblemente. No era mala idea analizarla. Pero ¿por qué extraña razón se habían lanzado los dos muchachos al pozo? Se habían comportado de manera muy similar... y sus restos demostraban que los dos habían sufrido por causa de la muerte quebradiza y gris. ¿Por qué todas las cosas se volvían grises y quebradizas?

El fiscal, sentado al lado de una ventana que daba hacia el patio, fue el primero en notar la fosforescencia que había alrededor del pozo. La noche había caído del todo y los terrenos que cercaban la granja parecían brillar lánguidamente con una luminosidad que no era la de la luz de la luna, pero esa nueva fosforescencia era algo distinto y definido, y parecía brotar del oscuro agujero como la luz apagada de un faro, reflejándose ligeramente en los pequeños charcos que el agua extraída del pozo había dejado en el suelo. La fosforescencia tenía un color muy extraño y mientras todos los hombres se acercaban a la ventana para contemplar el suceso, Ammi lanzó una sorprendida exclamación. El color de aquella tenebrosa fosforescencia le resultaba conocida. La había visto antes y se sintió lleno de pánico ante lo que podía significar. Lo había observado en aquel horrendo glóbulo vidrioso hacía dos veranos, lo había observado en la vegetación durante la primavera y, por un instante, había creído observarlo aquella misma mañana en la pequeña ventana enrejada de la horrible estancia del ático donde habían ocurrido cosas que no tenían explicación. Había resplandecido allí por espacio de un segundo y una funesta corriente de vapor lo había rozado... y después el pobre Nahum había sido arrastrado por algo de aquel color. Nahum lo había dicho al final... había dicho que era como el glóbulo y las plantas. Después se había producido su escape por el patio y el chapoteo en el pozo... y ahora el pozo estaba irradiando a la noche un leve y maligno reflejo del mismo color diabólico.

Una indiscutible prueba de la agilidad mental de Ammi es que en ese momento de máxima tensión se sintió extrañado por algo que era fundamentalmente científico. Se preguntó cómo era posible percibir la misma sensación de una corriente de vapor deslizándose en pleno día, por una ventana abierta al cielo de la mañana, y el de una fosforescencia nocturna resaltando contra el negro y desolado paisaje. No era lógico... resultaba antinatural... Y entonces evocó las últimas palabras mencionadas por su desventurado amigo: "viene de algún lugar donde las cosas no son como aquí... uno de los profesores lo dijo..."

Ahora, los tres caballos que se encontraban afuera de la casa, atados a unos árboles junto al camino, estaban relinchando y coceando frenéticamente. El conductor del carro se dirigió hacia la puerta para ver qué sucedía, pero Ammi puso una mano en su hombro.

—No salga usted —susurró—. No sabemos qué ocurre allí afuera. Nahum dijo que en el pozo vivía algo que absorbía la vida. Dijo que era algo que había brotado de una bola redonda como la que vimos dentro del meteorito que cayó aquí hace más de un año. Dijo que quemaba y absorbía y que era una nube de color como la luminiscencia que sale ahora del pozo y que nadie puede reconocer lo que es. Nahum creía que se alimentaba de todo ser viviente y alegó que lo había observado la pasada semana. Tiene que ser algo que cayó del cielo igual que el meteorito, tal como mencionaron los profesores de la Universidad. Su forma y sus acciones no tienen nada que ver con el mundo de Dios. Es algo que viene del más allá.

De manera tal que el hombre se detuvo, vacilante, mientras la luminiscencia que salía del pozo se hacía más fuerte y los caballos coceaban y relinchaban con creciente pánico. Verdaderamente, fue un momento espantoso, con los restos inhumanos de cuatro personas —dos en la misma casa y dos en el pozo— y aquella desconocida fluorescencia que brotaba de las fangosas profundidades. Ammi había impedido el paso al conductor del carro motivado por un imprevisto impulso, sin recordar que a él mismo no le había ocurrido nada después de ser tocado por aquella terrible columna de vapor en la habitación del ático, pero no se lamentaba de haberlo hecho. Nadie podía saber lo que ocurría afuera aquella noche. Nadie podía saber la naturaleza de los peligros que podían amenazar a un hombre frente a un riesgo totalmente desconocido.

De repente, uno de los policías que estaba en la ventana lanzó un grito. Los demás se le quedaron mirando y luego siguieron la dirección de los ojos de su compañero. No había necesidad de hablar. Lo que había de incierto en las habladurías de los campesinos ya no podría ser rebatido en adelante, porque había allí seis testigos excepcionales, media docena de hombres que por la cualidad de sus trabajos solo creían en lo que veían con sus propios ojos. Ante todo, es necesario dejar constancia de que a aquella hora de la noche no soplaba ningún viento. Poco después comenzó a soplar, pero en aquel instante el aire estaba absolutamente inmóvil y, sin embargo, en medio de aquella tensa y terrible calma, los árboles del patio estaban moviéndose. Se movían morbosa y espasmódicamente, batiendo sus desnudas ramas, en temblorosas y epilépticas sacudidas hacia las nubes iluminadas por la luz de la luna, rasgando con impotencia el aire inmóvil, como movidos por una extraña fuerza subterránea que subía desde abajo de las oscuras raíces.

Luego, por espacio de unos instantes todos los hombres presentes en la granja de los Gardner contuvieron el aliento. Una nube más negra que las demás cubrió la luna y la silueta de las agitadas ramas se esfumó momentáneamente. En aquel instante se escapó un grito de espanto de todas las gargantas, ya que el horror no se había esfumado con la silueta y, en un aterrador momento de oscuridad más profunda, los hombres vieron brotar de la copa del árbol más alto un millar de pequeños puntos fosforescentes, fulgurando como el fuego de San Telmo o como las lenguas de fuego que bajaron sobre las cabezas de los Apóstoles el día de Pentecostés. Era una espeluznante constelación de luces sobrenaturales, como un enjambre de necrófagas luciérnagas danzando una infernal coreografía sobre un terreno maldito y su color era el mismo que Ammi había llegado a distinguir y a temer. Mientras, la fosforescencia del pozo se hacía cada vez más brillante, causando una sensación de anormalidad en los hombres reunidos en la granja que borraba cualquier imagen que sus mentes conscientes pudieran dibujar. Ya no brillaba, estaba volcándose hacia afuera. Y mientras el amorfo conjunto de indescriptible color abandonaba el pozo, parecía elevarse directamente hacia el cielo.

El veterinario se impresionó y se dirigió a la puerta para colocar la doble barra. Ammi también estaba muy impresionado y tuvo que limitarse a mostrar con la mano, por falta de voz, cuando quiso llamar la atención de los otros sobre la progresiva luminiscencia de los árboles. Los relinchos de los caballos se habían transformado en algo terrible, pero ni uno solo de aquellos hombres habría osado salir por nada del mundo. El resplandor de los árboles fue aumentando, mientras sus intranquilas ramas parecían alargarse más y más hacia la verticalidad. De repente ocurrió una fuerte conmoción en el camino y cuando Ammi levantó la lámpara para ofrecer un poco más de claridad hacia el exterior, comprobaron que los frenéticos caballos habían roto sus cuerdas y huían enloquecidos con el carruaje.

La impresión sirvió para soltar varias lenguas y se intercambiaron inquietos susurros.

—Se extiende sobre todas las cosas vivas que hay por aquí —susurró el médico forense.

Nadie dijo nada, pero el hombre que había bajado al pozo expresó la opinión de que la pértiga debió haber agitado algo intangible.

—Fue algo pavoroso —añadió—. No había fondo de ningún tipo. Solo fango y burbujas, y la sensación de algo escondido allí abajo…

El caballo de Ammi seguía coceando y relinchando violentamente en el camino exterior y casi cubrió el débil sonido de la voz de su dueño mientras este pronunciaba sus desarticuladas reflexiones.

—Salió de aquella piedra… fue creciendo y nutriéndose de todas las cosas vivas… se alimentaba de ellas, de su alma y su cuerpo… Thaddeus y Merwin, Zenas y Nabby… Nahum fue el último… Todos bebieron agua del… Se apoderó de ellos… Llegó del más allá, donde las cosas no son como aquí…, y ahora regresa al lugar de donde viene…

En aquel instante, mientras la columna de desconocido color resplandecía con imprevista intensidad y empezaba a entrelazase con sorprendentes sugerencias de forma, que cada uno de los presentes describió más tarde de una manera diferente, el desventurado Hello lanzó un aullido que ningún hombre había oído nunca salir de la garganta de un caballo. Todos los que estaban en la casa se cubrieron los oídos y Ammi se retiró de la ventana horrorizado. Cuando miró de nuevo hacia afuera, el pobre animal yacía inmóvil en el suelo bañado por la luz de la luna entre las astilladas varas del carruaje. Y allí permaneció hasta que lo enterraron al día siguiente. Pero el momento presente no admitía entregarse a sollozos, ya que casi en el mismo momento uno de los policías les advirtió silenciosamente sobre algo terrible que estaba ocurriendo en el interior de la habitación donde se encontraban. Donde no llegaba la claridad de la lámpara podía observarse una débil fosforescencia que había empezado a llenar toda la estancia. Resplandecía en el suelo de tablas y en la gastada alfombra, y brillaba débilmente en los marcos de las pequeñas ventanas. Iba de un lado para otro, cubriendo puertas y muebles. A cada instante se hacía más intensa y finalmente se hizo indiscutible que los seres vivientes debían abandonar aquella casa de inmediato.

Ammi les mostró la puerta de atrás y el camino que conducía hacia las tierras altas. Caminaron con paso inseguro, como dormidos, y no se atrevieron a mirar atrás hasta que alcanzaron el camino del Norte. Ninguno de ellos se habría atrevido a pasar por el camino que transitaba junto al pozo… Cuando miraron hacia atrás, hacia el valle y la lejana granja de los Gardner, observaron un terrible espectáculo. Toda la granja resplandecía con el espantoso y desconocido color. Árboles, edificaciones e inclusive la hierba que aún no se había convertido en quebradiza y gris. Las ramas estaban todas elevadas hacia el cielo, coronadas con lenguas de fuego y brillantes goterones del mismo atroz fuego ardían encima de la casa, del granero y de los cobertizos. Era una escena de una visión de Fussell. Y sobre todo lo demás brillaba aquella borrachera de resplandeciente amorfismo, aquel extraño arcoíris de misteriosa ponzoña del pozo... hirviendo, saltando, relumbrando y burbujeando perversamente en su cósmico y desconocido cromatismo.

Luego, repentinamente, la extraña cosa salió volando verticalmente hacia el cielo, como un cohete o un meteoro, sin dejar ninguna huella detrás de ella y desapareciendo, antes de que ninguno de los hombres pudiera mostrar su asombro, a través de un circular y particularmente simétrico orificio abierto entre las nubes. Ningún espectador podrá olvidar jamás aquel espectáculo y Ammi se quedó observando estúpidamente la ruta que había seguido el color hasta unirse con las estrellas de la Vía Láctea. Pero inmediatamente su mirada fue atraída hacia la tierra por el estruendo que acababa de producirse en el valle. Había sido un estruendo, y no una explosión como mencionaron algunos de los miembros del grupo. Pero el resultado fue el mismo, ya que en un caleidoscópico intervalo la granja y sus alrededores parecieron detonar, enviando hacia las cumbres una nube de coloreados y fabulosos fragmentos. Los fragmentos se esfumaron en el aire, dejando una nube de vapor que al cabo de un instante se había esfumado también. Los sorprendidos espectadores decidieron que no tenía sentido esperar a que volviera a salir la luna para verificar los efectos de aquella catástrofe en la granja de Nahum.

Demasiado aterrorizados para mencionar alguna teoría, los siete hombres volvieron a Arkham por el camino del Norte. Ammi estaba más afectado que sus compañeros y les rogó que lo acompañaran hasta su casa en vez de ir directamente al pueblo. Por nada del mundo hubiera atravesado el bosque solo a aquella hora de la noche. Estaba más atemorizado que los demás porque había experimentado una impresión que los otros se habían evitado y se sentía abrumado por un miedo que por espacio de muchos años no se atrevió a señalar. Mientras el resto de los espectadores en aquella borrascosa colina había vuelto indiferentemente sus rostros hacia el camino, Ammi se había girado hacia atrás por un instante para observar el sombrío valle de desolación que tantas veces había visitado. Y había observado algo que se levantaba débilmente para hundirse nuevamente en el sitio desde donde el extraño horror había salido disparado hacia el cielo. Era solamente un color… aunque no era ningún color de nuestra tierra ni de los cielos. Y como Ammi reconoció aquel color y supo que sus últimos y frágiles restos continuaban escondidos en el pozo, nunca ha estado completamente equilibrado desde entonces.

Ammi no se acercaría a ese lugar por nada del mundo. Hace cuarenta y cuatro años que ocurrieron los sucesos que acabo de narrar, pero Ammi no ha vuelto a poner pie en aquellas tierras y le gusta saber que pronto quedarán enterradas bajo las aguas. También a mí me gusta la idea, ya que no me agradó nada ver cómo variaba de color la luz del sol al reflejarse en aquel abandonado pozo. Espero que el agua sea siempre muy profunda, pero aunque así sea nunca beberé de ella. Tampoco creo que vuelva a la región de Arkham. Tres de los hombres que habían estado con Ammi regresaron al día siguiente para ver los restos a la luz del día, pero en realidad no había restos. Solo los ladrillos de la chimenea, las piedras de la bodega, algunos restos minerales y metálicos, y la boca de aquel funesto pozo. A excepción del caballo de Ammi, que sepultaron aquella misma mañana, y del carruaje que no tardaron en regresar a su dueño, todas las cosas que habían estado vivas habían desaparecido. Solo quedaban cinco hectáreas de desierto gris y ceniciento, y desde entonces no ha brotado en aquellos terrenos ni una hebra de hierba. Actualmente aparece como una gran mancha, carcomida por el ácido, en medio de los bosques y campos, y los pocos que se han atrevido a circular por allí a pesar de las leyendas campesinas le han dado el nombre de "erial maldito".

Las leyendas campesinas son muy raras. Y podrían ser incluso más extrañas si los pobladores de la ciudad y los químicos de la Universidad tuvieran el suficiente interés para estudiar el agua de aquel pozo olvidado o el polvo gris que ningún viento parece dispersar. Los botánicos podrían analizar también la fabulosa flora que crece en los bordes de aquellos terrenos, ya que de este modo podrían confirmar o rebatir lo que dice la gente: que la zona contaminada está creciendo poco a poco, quizá una pulgada al año… Los habitantes dicen que el color de la hierba que brota en aquellos alrededores no es el que le corresponde y que los animales salvajes dejan extrañas marcas en la nieve cuando llega el invierno. La nieve no parece fraguar en el erial maldito tanto como en otros lugares. Los caballos —los pocos que persisten en esta era motorizada— se ponen inquietos en el silencioso valle y los cazadores no logran acercarse con sus perros a las cercanías del erial maldito.

Dicen también que las influencias mentales son muy negativas y que todos los que han intentado establecerse en ese espacio, extranjeros en su gran mayoría, han tenido que irse asediados por extrañas fantasías y sueños. Ningún viajero ha dejado de advertir una sensación de desconcierto en aquellas profundas hondonadas y los artistas tiemblan mientras retratan unos bosques cuyo misterio es tanto de la mente como de la vista. Yo mismo estoy estupefacto de la sensación que me causó mi único y solitario paseo por aquellos terrenos antes de que Ammi me narrara su historia.

No me pregunten qué pienso. No sé. Esto es todo. La única persona que podía ser interrogada acerca de aquellos extraños días es Ammi, porque la gente de Arkham no quiere mencionar este asunto, y los tres profesores que observaron el meteorito y su coloreado glóbulo ya están muertos. ¿Había otros glóbulos? Tal vez. Uno de ellos logró alimentarse y escapar, mientras que otro no había logrado alimentarse suficientemente y permanecía en el pozo... Los campesinos dicen que la zona contaminada crece una pulgada cada año, de modo que seguramente existe algún tipo de crecimiento o de alimentación incluso ahora. Pero, sea lo que sea lo que existe allí, tiene que verse limitado por algo, ya que de no ser de ese modo crecería rápidamente. ¿Estará unido a las raíces de aquellos árboles que arañan el aire?

Solo Dios sabe lo que es. En términos de materia, imagino que esa cosa que Ammi describió puede ser llamada gas, pero aquel gas seguía a unas leyes que no son de nuestro universo. No era el fruto de los planetas y soles que irradian en los telescopios y en las imágenes fotográficas de nuestros observatorios. No era ningún aliento de los cielos cuyos giros y duraciones miden nuestros astrónomos o consideran demasiado extensos para ser medidos. No era más que un color venido del espacio… un aterrador mensajero de unos dominios del infinito ubicados más allá de la naturaleza que conocemos nosotros, de unos dominios cuya simple existencia aturde la mente con las infinitas posibilidades extracósmicas que ofrece a nuestro pensamiento.

Dudo mucho de que Ammi me engañara conscientemente y no creo que su historia sea la invención de una mente desquiciada como imagina la gente de la ciudad. Algo espantoso llegó a las colinas y valles con aquel meteoro, y algo espantoso —aunque ignoro en qué grado— sigue permaneciendo allí. Me alegra creer que todos aquellos terrenos quedarán cubiertos por las aguas. Mientras tanto, espero que no le ocurra nada a Ammi. Vio tanto de esa cosa... y su influencia era tan maligna... ¿Por qué no habrá sido capaz de irse a vivir a otro lugar? Ammi es un anciano muy agradable y muy buena persona, y cuando el equipo de trabajadores comience su tarea tengo que avisarle al ingeniero jefe para que no lo pierda de vista. Me molestaría recordarlo como una gris, retorcida y quebradiza monstruosidad de las que perturban mi sueño cada día más.

LA MALDICIÓN QUE
CAYÓ SOBRE SARNATH

Hace diez mil años la poderosa ciudad de Sarnath se alzaba en las orillas un inmenso lago de serenas aguas que no es alimentado por ningún río y que tampoco alimenta río alguno. El lago existe en el territorio de Mnar, pero hoy no hay nada en ese lugar.

Antiguamente, cuando el mundo era joven y ni siquiera los hombres de Sarnath habían llegado a la tierra de Mnar, se dice que a la orilla de aquel lago existía otra ciudad: la ciudad de Ib, tan antigua como el propio lago, construida en piedra gris y habitada por seres que no eran muy agradables de apariencia.

Eran seres extraños y deformes, como pueden ser los seres que pertenecen a un mundo apenas esbozado o que apenas se empieza a modelar torpemente. En Kadatheron, está escrito en los cilindros de arcilla que los habitantes de Ib eran, por su color, tan verdes como el lago y las nieblas que de él se forman, que poseían ojos abultados, labios gruesos y blandos, orejas muy extrañas y que no tenían voz. También está escrito que venían de la luna, de la que bajaron una noche a bordo de una gran nube junto a la ciudad de Ib construida en piedra gris y junto al inmenso lago de serenas aguas. Se sabe, que adoraban a un ídolo tallado en piedra color verdemar que era la representación de Bokrug, el gran reptil acuático, ante el cual celebraban unas espantosas danzas cuando la luna creciente mostraba su doble cuerno. Y en el papiro de Ilarnek está escrito que un día descubrieron el fuego y que desde entonces prendían hogueras para darle mayor esplendor a sus ceremonias. Pero no es mucho lo que hay escrito sobre estos extraños seres pues vivieron en épocas muy antiguas y el hombre es un ser joven y sabe muy poco de quienes vivieron en los tiempos originarios.

Transcurridos muchos miles y miles de años, de miles de eras incontables, el hombre llegó a la tierra de Mnar. Tenía la tez oscura y formaron pueblos de pastores que llegaron con sus ganados y fundaron en las riberas del tortuoso río Ai: Thraa, Ilarnek y Kadatheron. Algunas tribus más osadas que otras, llegaron hasta las orillas del lago y construyeron Sarnath en un lugar donde la tierra estaba abarrotada de metales preciosos. Estas tribus nómadas colocaron las primeras piedras de Sarnath no muy lejos de Ib, la ciudad gris, maravillándose al ver a los extraños habitantes de ese lugar. Pero junto al asombro también surgió el rechazo, pues pensaron que no era deseable que seres con un aspecto tan extraño convivieran en el mundo de los hombres, sobre todo al anochecer. Tampoco les agradaron las raras figuras talladas en los grises monolitos de Ib, ya que no había quien pudiera decir cómo habían sobrevivido esas esculturas hasta la aparición del hombre. La única explicación era que la tierra de Mnar era como un remanso de paz y se encontraba muy alejada de las otras tierras, tanto de las tierras reales como de aquellas que pertenecían al País de los Sueños.

A medida que los hombres de Sarnath iban conociendo mejor a los seres de Ib iba creciendo su rechazo, y a ello contribuyó el descubrimiento de que estos seres eran débiles y de que sus cuerpos eran blandos al contacto de flechas y piedras. Así pues, un día, los jóvenes guerreros, los honderos, los lanceros y los arqueros de Sarnath marcharon sobre Ib y mataron a todos sus habitantes. Luego arrojaron sus extraños cuerpos al lago con ayuda de unas lanzas largas ya que prefirieron no tocarlos. Como también odiaban los grises monolitos esculpidos de Ib, también los arrojaron al lago, a pesar de sentirse maravillados ante el gran trabajo que habría costado mover las grandes piedras con las que estaban construidos. Sin duda estas procedían de regiones muy lejanas, pues en la tierra de Mnar y en los países cercanos no existía ningún tipo de piedra parecida.

Después de eso no quedó nada de la muy antigua ciudad de Ib salvo el ídolo tallado en piedra verdemar que representaba a Bokrug, el gran reptil acuático. Este fue llevado a Sarnath por los jóvenes guerreros como símbolo de su victoria sobre los pobladores de Ib y sus antiguos dioses, también como señal de hegemonía sobre toda la tierra de Mnar. Sin embargo, algo terrible debió suceder durante la noche del día en que Bokrug había sido instalado en el templo, ya que sobre el lago brillaron unas luces fantásticas y en la mañana todos notaron que el ídolo ya no estaba en el templo. El sumo sacerdote Taran-Ish estaba muerto, como fulminado por un terror infinito y antes de morir, el sacerdote trazó con mano insegura el signo de MAL-DICIÓN sobre el altar de crisolita. Después de Taran-Ish hubo en Sarnath muchos sumos sacerdotes y el ídolo de piedra no apareció nunca más. Así pasaron muchos siglos, durante los cuales Sarnath se convirtió en una ciudad fabulosamente próspera, al punto de que solo los sacerdotes y los muy ancianos recordaban la inscripción que Taran-Ish había trazado en el altar de crisolita. Entre Sarnath y la ciudad de Ilarnek surgió una ruta de caravanas, y los metales preciosos de la tierra comenzaron a canjearse por otros metales, por exquisitas vestiduras, por joyas, por libros, por herramientas para los orfebres y por todos tipo de lujosos artificios que podían hallarse en los pueblos que poblaban las riberas del tortuoso río Ai y también más lejos. Y así creció Sarnath, poderosa, sabia y bella, y envió ejércitos invasores que sometieron a las ciudades vecinas y, por fin, en el trono de la ciudad se sentaron reyes que regían toda la tierra de Mnar y, también, muchos países adyacentes.

La magnífica Sarnath era una de las maravillas del mundo y un orgullo de la humanidad. Sus murallas estaban construidas con mármol pulido de las canteras del desierto, tenían una altura de trescientos codos y un ancho de setenta y cinco, por lo que por el camino de ronda podían transitar dos carretas al mismo tiempo.

La longitud de la ciudad era el equivalente a quinientos estadios y rodeaba la ciudad excepto en el área del lago, donde se encontraba un dique de piedra gris contra el que chocaban unas extrañas olas que se alzaban durante la ceremonia que conmemoraba la destrucción de la ciudad de Ib una vez al año. Sarnath tenía cincuenta calles que iban del lago a las puertas de las caravanas, y cincuenta más que iban en dirección perpendicular a las primeras. Todas estaban pavimentadas de ónice, con excepción de aquellas que eran vía de paso para caballos, camellos y elefantes. Estas últimas estaban empedradas con losas de granito y la ciudad tenía tantas puertas como calles que llegaban hasta las murallas. Todas eran de bronce y estaban protegidas por leones y elefantes tallados en una piedra que los hombres de hoy desconocen. Las casas eran de calcedonia y de ladrillo vidriado, todas tenían un hermoso jardín amurallado, además de un cristalino estanque. Estaban construidas muy artísticamente y ninguna otra ciudad tenía casas como esas. Los viajeros que llegaban de Thraa y de Ilarnek y de Kadatheron se maravillaban al contemplar las resplandecientes cúpulas que las cubrían. Pero los palacios, templos y jardines construidos por el antiguo rey Zokkar eran aún más maravillosos. Había muchos palacios, el último era más grande que cualquiera de los que se habían construido en Thraa, Ilarnek o Kadatheron. Sus techos eran tan altos que, a veces, los visitantes se imaginaban que estaban bajo la bóveda del mismo cielo, sin embargo, cuando las lámparas alimentadas con aceites de Dother se encendían, las paredes mostraban inmensas pinturas que representaban grandes ejércitos y reyes con tanto esplendor que quien las observaba sentía un gran asombro y un gran pavor al mismo tiempo. Los palacios poseían muchos pilares, todos eran de mármol veteado y estaban cubiertos de bajorrelieves de una belleza insuperable. En la mayor parte de los palacios, los suelos eran mosaicos realizados con berilio, lapislázuli, sardónice, carbunclo e infinidad de piedras preciosas, dispuestas con tanta belleza que el visitante podía creer que caminaba sobre macizos de flores exóticas. También había fuentes que arrojaban agua perfumada con surtidores instalados con sorprendente habilidad.

Pero aún más sorprendente que los demás era el palacio de los Reyes de Mnar y los países adyacentes. Su trono reposaba sobre dos leones de oro macizo y estaba colocado a tal altura que, para llegar a él, era necesario subir una escalera con muchos peldaños. El trono estaba tallado en una sola pieza de marfil y no existe ningún hombre que sea capaz de explicar de dónde surgió una pieza de tal tamaño. En ese palacio existían también muchos espacios y anfiteatros donde leones, hombres y elefantes combatían para divertimento de los reyes. A veces, mediante poderosos acueductos, los anfiteatros eran inundados con aguas del lago y allí se celebraban competencias acuáticas o combates entre nadadores y mortíferas bestias del mar.

Los diecisiete templos de Sarnath eran altivos y asombrosos. Estaban construidos en forma de torre con piedras brillantes y policromías desconocidas en otras regiones. El mayor de todos, donde vivía el sumo sacerdote, media mil codos de altura y estaba rodeado por tanta riqueza que apenas era superado por el palacio del propio rey. En la planta baja había salas tan amplias y espléndidas como las de los palacios. En esas salas se agolpaban las muchedumbres que venían a adorar a los dioses principales de Sarnath: Zo-Kalar, Tamash y Lobon, cuyos altares envueltos en nubes de incienso eran iguales a los tronos de los reyes. Sus imágenes tampoco eran como las de otros dioses. La apariencia de Zo-Kalar, de Tamash y de Lobon era tan real que cualquiera habría jurado que eran los propios dioses augustos, que con sus largas barbas en el rostro estaban sentados en los tronos de marfil. A la cámara más alta, de la torre más alta, se llegaba por unas infinitas escaleras de circonio y desde allí, durante el día, los sacerdotes contemplaban la ciudad, las llanuras y el lago que se extendía a sus pies y, durante noche, observaban la enigmática luna, los planetas y las estrellas, todos llenos de significado, así como sus reflejos en el lago. En ese lugar se celebraba un rito arcaico y misterioso, en execración de Bokrug, el gran reptil acuático, y también se guardaba el altar de crisolita que llevaba escrito el signo de Maldición que había trazado Taran-Ish.

Igualmente maravillosos eran los jardines sembrados por el antiquísimo rey Zokkar. Estos se encontraban situados en el centro de Sarnath y ocupaban una gran extensión de terreno. Rodeados por una gran muralla, los jardines se hallaban cubiertos por una inmensa cúpula de cristal a través de la cual, cuando el tiempo era claro, brillaban el sol, la luna y los planetas y de la cual pendían brillantes imágenes del sol, la luna, las estrellas y los planetas cuando no hacia buen tiempo. Durante el verano, los jardines se mantenían frescos mediante una brisa perfumada que era producida por inmensas aspas concebidas muy ingeniosamente, y en invierno, eran temperados por medio de fuegos ocultos, de esa manera en esos jardines era siempre primavera. Los abundantes riachuelos de lecho pedregoso y brillante eran cruzados por infinidad de puentes y corrían entre prados verdes y macizos multicolores. También había muchas cascadas que allí interrumpían su plácido curso y muchos estanques rodeados de lirios en que sus aguas reposaban. Sobre la superficie de aquellos arroyos y remansos se deslizaban hermosos cisnes blancos, mientras exóticas aves cantaban en armonía con la música del agua. Adornadas aquí y allá con rotondas y emparrados cubiertos de flores, las orillas se elevaban formando terrazas geométricas con bancos y sillas de pórfido y mármol. También había gran cantidad de templetes y santuarios para descansar y donde rezar a los dioses menores.

Cada año se celebraba en Sarnath una fiesta durante la cual abundaban el vino, las canciones, las danzas y los juegos de todas clases para conmemorar la destrucción de Ib. Se rendían también honores a las sombras de los que habían aniquilado a los extraños seres fundamentales. Por otra parte, el recuerdo de aquellos seres y de sus dioses arcaicos se convertía en objeto de burla por parte de danzantes y músicos que se coronaban con rosas de los jardines de Zokkar. Así, los reyes se paraban frente a las aguas del lago y maldecían la osamenta de aquellos que muertos se encontraban bajo su superficie.

Más allá de todo lo que pueda imaginarse fue la magnífica fiesta con que se celebraron los mil años de la destrucción de Ib. En la tierra de Mnar se habló de ella por más de diez años, y cuando se aproximó la fecha llegaron a la ciudad de Sarnath, en el lomo de caballos, camellos y elefantes, los hombres de Thraa, de Ilarnek, de Kadatheron, de todas las ciudades de Mnar y de los países que se extendían más allá de sus fronteras. Frente a las grandes murallas de mármol, la noche señalada se alzaron ricos pabellones de príncipes y también tiendas de viajeros. En el salón de banquetes, el rey Nargis-Hei se embriagaba con antiguos vinos procedentes del saqueo de las bodegas de Pnoth. A su alrededor los nobles comían y bebían y los esclavos trabajaban sin parar. En aquel banquete se consumieron manjares exóticos y delicados: pavos reales de las lejanas colinas de Implan, talones de camello del desierto de Bnaz, nueces y especias de Sydathria y perlas de Mtal disueltas en vinagre de Thraa. Hubo un número incontable de salsas y manjares, preparados por los más sutiles cocineros de todo Mnar para satisfacer el paladar de los invitados más exigentes. Sin embargo, de todos los manjares, los más preciados eran los inmensos peces del lago que se servían en bandejas de oro incrustadas con rubíes y diamantes.

Mientras el rey y los nobles celebraban el banquete dentro del palacio, y contemplaban con impaciencia el manjar principal que aún les aguardaba servido ya en las bandejas de oro, otros comían y festejaban fuera de él. En la torre más alta del gran templo, los sacerdotes celebraban la fiesta con alborozo y los príncipes de las tierras vecinas reían y cantaban en los pabellones que se encontraban fuera del recinto amurallado de la ciudad.

El primero en observar las sombras que bajaban al lago desde el doble cuerno de la luna creciente fue el sumo sacerdote Gnai-Kah, así como las terribles nieblas verdes que al encuentro de las sombras se alzaban del lago. Estas envolvieron en terroríficas brumas las torres y cúpulas de Sarnath, cuyo destino ya había sido señalado. Más tarde, quienes se encontraban en las torres y afuera del recinto amurallado observaron luces muy extrañas en el agua y vieron que Akurión, la inmensa roca gris que se alzaba en la orilla a gran altura sobre ellas, estaba casi sumergida. Y el miedo, rápido aunque vago, comenzó a extenderse de tal manera que los príncipes de Ilarnek y de la lejana Rokol desmontaron y plegaron sus tiendas, huyendo veloces sin apenas saber la razón.

Ya cerca de la medianoche, todas las puertas de bronce de Sarnath se abrieron de golpe y por ellas corría una multitud enloquecida que se extendió por la llanura como una gran ola negra, con tal fuerza que todos los visitantes, príncipes o viajeros, huyeron despavoridos. En los rostros de la muchedumbre se notaba la locura nacida de un desmedido horror y sus bocas articulaban palabras tan terribles que ninguno de quienes escucharon semejantes cosas quiso comprobar si eran verdad. Algunos hombres que tenían la mirada alucinada producto del pánico gritaban a los cuatro vientos lo que habían visto a través de los ventanales del salón de banquetes del rey, donde ya no se hallaban Nargis-Hei ni sus nobles, ni sus esclavos, sino una turba de criaturas verdes indescriptibles, que tenían ojos protuberantes, labios fláccidos, extrañas orejas y carentes de voz. Que estos horribles seres danzaban con espantosas contorsiones, sosteniendo en sus garras las bandejas de oro y pedrería de las que se brotaban llamas de un fuego nunca visto. En su huida de la ciudad maldita de Sarnath, los príncipes y viajeros que iban a lomos de caballos, camellos y elefantes volvieron la mirada hacia atrás y vieron como el lago continuaba engendrando nieblas, y que Akurión, la gran roca gris, estaba casi sumergida.

A través de toda la tierra de Mnar y de los países adyacentes se extendieron los relatos de quienes habían logrado huir de la ciudad de Sarnath. Las caravanas nunca más orientaron su rumbo hacia la ciudad maldita, ni tampoco desearon más sus metales preciosos. Transcurrió mucho tiempo antes de que algún viajero se dirigiese hacia allá y aún en ese momento solo se atrevieron a ir los jóvenes de cabellos rubios y ojos azules más valerosos y aventureros, que no tenían parentesco alguno con los pueblos de Mnar. Es verdad que estos hombres llegaron hasta el lago impulsados por el deseo de conocer la ciudad de Sarnath, pero aunque lograron ver el inmenso lago de aguas tranquilas y la gran Akurión, la roca que se elevaba en la orilla a gran altura sobre ellas, no pudieron observar la que fue maravilla del mundo y orgullo de la humanidad. En el lugar donde antes se habían levantado inmensas murallas de trescientos codos de altura y torres aún más altas, ahora tan solo se extendían riberas pantanosas. Donde antiguamente habían vivido cincuenta millones de hombres, ahora tan solo se arrastraba el detestable reptil acuático. Ni siquiera quedaban las minas de metales preciosos. La MALDICIÓN había caído sobre Sarnath.

Sin embargo, lograron observar un curioso ídolo de piedra verdemar semienterrado entre los juncos, era el antiquísimo ídolo que representaba al gran reptil acuático, Bokrug. Tiempo después, este ídolo fue transportado al gran templo de Ilarnek y fue adorado en toda la tierra de Mnar el día que el doble cuerno de la luna creciente asoma en el cielo.

El Horror de Red Hook

Hay sacramentos tanto del mal como del bien alrededor nuestro, y vivimos y nos movemos, a mi juicio, en un mundo desconocido, en un lugar donde hay cavernas y sombras y moradores del crepúsculo. Es posible que el hombre pueda a veces retroceder en el sendero de la evolución, y creo que hay un saber terrible que no ha muerto todavía.

ARTHUR MACHEN

I

No hace mucho tiempo en el pueblo de Pascoag, Rhode Island, justo en la esquina de una calle, un hombre alto, de constitución fuerte y apariencia saludable, dio mucho que hablar a causa de su extraño comportamiento. Al parecer, había venido por la carretera de Chepachet y al llegar a la parte más poblada había cruzado a la izquierda por la calle principal, donde varios bloques de sencillos establecimientos daban la impresión de ser un núcleo urbano. Al llegar allí, y sin razón aparente, se puso en evidencia el comportamiento extraño: de forma inusual miró un instante hacia el edificio más alto, y luego, dando gritos aterrados y fuera de control comenzó a correr frenéticamente, terminando cuando tropezó y cayó en la esquina siguiente. Unas manos amables lo recogieron, le sacudieron el polvo y se percataron entonces de que estaba consciente, físicamente ileso y visiblemente recuperado de su sorpresivo ataque de nervios. Mencionó, avergonzado, unas explicaciones sobre ciertas tensiones que había experimentado. Con la cabeza gacha se dirigió hacia la carretera de Chepachet y comenzó su regreso sin mirar hacia atrás ni una sola vez. Era muy extraño que a un hombre tan corpulento, robusto y de apariencia tan normal le ocurriera algo semejante y esa extrañeza no disminuyó al escuchar los comentarios de uno de los mirones que lo había identificado como el inquilino de un conocido lechero en las afueras de Chepachet.

Thomas F. Malone era un detective de la policía de Nueva York, quien se hallaba disfrutando de un extenso permiso para someterse a tratamiento médico, después de hacer un trabajo particularmente difícil en un espeluznante caso local de trágicas consecuencias. Unos edificios de ladrillo se habían desplomado durante una redada en la que él había trabajado, y en la mortandad general, entre detenidos y compañeros suyos, ocurrió algo que lo aterró de manera particular. A raíz de ello, había comenzado a sufrir de un terror agudo y anormal ante todo edificio que se pareciese siquiera un poco a los que se habían caído, de modo que al final los psiquiatras le prohibieron observar cualquier edificio de ese tipo durante cierto tiempo. Un médico de la policía que tenía familia en Chepachet, mencionó que esta aldea constituida por casas coloniales de madera, podía ser un buen lugar para su recuperación psíquica, y el paciente se retiró allí, prometiendo no arriesgarse a recorrer las calles con fachadas de ladrillo que había en las grandes poblaciones hasta que el especialista de Woonsocket —con quien lo habían puesto en contacto— lo recomendara debidamente. Este recorrido hasta Pascoag con la intención de comprar revistas fue un error y el paciente había pagado su osadía con un susto, algunas magulladuras y una vergüenza. Esto era aquello que sabían los chismosos de Chepachet y de Pascoag, y también lo que los especialistas más expertos creían. Al principio Malone les había narrado a los especialistas mucho más, aunque dejó de hacerlo al ver la total incredulidad que reflejaban sus rostros. A partir de ese momento guardó silencio y no discutió en absoluto cuando todos insistieron en afirmar que había sido el derrumbe de los ruinosos edificios de ladrillo del área de Red Hook, de Brooklyn, y la muerte resultante de muchos esforzados oficiales, lo que había provocado su desequilibrio nervioso. Mencionaron que había trabajado demasiado en la limpieza de aquellos antros de desorden y violencia. Ciertos detalles fueron horribles a todas luces y la inadvertida tragedia había sido la gota que colmaba el vaso. Esta era una expli-cación sencilla que todo el mundo podía comprender y como Malone no era un tonto, decidió que era preferible dejarlo así. Hablar a ciertas personas sin imaginación de un horror que escapaba de toda concepción humana —de un horror que se albergaba en casas y en edificios, y en ciudades enfermas por el cáncer y la lepra de una maldad venida de otros mundos— habría sido invitarles a que lo internasen en una celda acolchada, en vez de autorizarlo a tomar un descanso temporal y, a pesar de su misticismo, Malone era un hombre con sentido común. Tenía, además, la aguda percepción del celta para las cosas sobrenaturales y ocultas, y la visión del hombre lógico para lo que en apariencia era indiscutible, combinación que lo había llevado muy lejos durante los cuarenta y dos años de su vida y que lo había situado en inusuales lugares para un hombre que se había educado en la Universidad de Dublín y había nacido en una ciudad georgiana próxima a Phoenix Park.

Ahora, al revisar aquellas cosas que había visto, sentido e interpretado, Malone se alegró de no haber contado a nadie algo que era capaz de convertir a un valeroso luchador en un neurótico miedoso y a los viejos barrios de ladrillo y las concentraciones de rostros cetrinos y huidizos en algo aterrorizante y pasmosamente siniestro. No sería esta la primera vez que sus impresiones permanecieran sin interpretación, pues ¿acaso no era su misma acción de internarse en el mundo políglota del hampa neoyorquina un hecho que escapaba a toda explicación razonable? ¿Qué podía decirle a la gente común sobre los viejos hechizos y las grotescas maravillas inapreciables para los ojos comunes en este caldero repugnante donde los más diversos excrementos de épocas malsanas combinaban su pon-zoña y perpetuaban sus obscenos terrores? Él había observado la llama verde e infernal de inmenso secreto en esa confusión estrepitosa y evasiva de avidez exterior y maldición interior. También se había reído internamente cuando los neoyorquinos que lo conocían se burlaban de sus estudios en su trabajo policial. Se habían manifestado muy graciosa y cínicamente, y se habían burlado de su búsqueda de supuestos misterios indescifrables, insistiendo que —en Nueva York— en estos tiempos solo había bajeza y vulgaridad. Uno de ellos le había apostado mucho dinero a que —a pesar de los abundantes relatos emocionantes que había publicado en la *Dublin Review*— no era capaz de escribir ni un solo un relato realmente sorprendente sobre la vida de los bajos fondos de Nueva York, y ahora, al meditar sobre ello, se daba cuenta de la ironía cósmica que había justificado esas palabras proféticas al refutar misteriosamente su frívolo significado. El horror, como lo observó al fin, no podía ser el tema de un relato, pues como E. A. Poe narró sobre cierto libro alemán, *es lässt sich nicht lesen*, "no puede ser leído".

II

Para Malone, la simple existencia le causaba siempre una sensación de latente misterio. De joven había apreciado la belleza oculta, el éxtasis de las cosas y había sido poeta, pero la pobreza, el sufrimiento y el exilio le habían hecho dirigir la mirada hacia direcciones más tenebrosas. También, se había estremecido ante la maldad del mundo que lo rodeaba. La cotidianidad se había transformado para él en una fantasmagoría de sombras lúgubres, brillante e insolente algunas veces, escondiendo la corrupción con el mejor estilo de Beardsley, y otras, insinuando terrores tras las figuras y los objetos más comunes, como las obras sutiles y menos interesantes de Gustav Doré. A menudo consideraba un acto piadoso que la mayoría de las personas inteligentes se burlaran de los misterios más ocultos, pues pensaba, que si las mentes superiores lograran alguna vez el conocimiento pleno de los secretos guardados por viejos cultos inferiores, no demorarían las alteraciones, no solo para destruir el mundo, sino para poner en riesgo la misma integridad del universo. Evidentemente, estas reflexiones eran truculentas, pero su fino sentido de la lógica y su profundo buen humor las contrarrestaban de manera saludable. Malone se complacía con que sus ideas permanecieran como visiones imaginadas y prohibidas para poder retozar con ellas con ligereza. La historia surgió solo cuando su trabajo lo colocó ante una manifestación infernal demasiado imprevista e intensa para poder esquivarla.

Hacía cierto tiempo que lo habían asignado a la comisaría de Butler Street, de Brooklyn, cuando se enteró del caso de Red Hook. Red Hook es un caos de híbrida miseria cercano al barrio marinero frente a la Isla del Gobernador, con carreteras suicidas que suben de los muelles a un terreno alto donde los deteriorados trayectos de Clinto Street y Court Street llevan al Ayuntamiento. En su mayoría, las casas son de ladrillo, levantadas durante el segundo cuarto del siglo XIX, y algunos de los callejones y caminos más oscuros tienen un dejo antiguo y fascinante que la literatura convencional nos lleva a calificar de "dickensiano". La población es un revoltijo y un misterio irremediable, en ella conviven componentes sirios, españoles, italianos y negros, no muy lejos de los cinturones escandinavo y americano. Es una babel de ruidos y mugre que articula extraños sonidos al contestar a las mansas olas aceitosas que acarician los sucios espigones y a las bestiales letanías que compone el órgano de los sonidos portuarios. Hace tiempo aquí dominaba un cuadro mucho más radiante, cuando marineros de ojos claros abundaban por las calles inferiores y unas viviendas con más personalidad y gusto rodeaban la colina. Aún pueden hallarse vestigios de su antigua magnificencia en las elegantes formas de los grandes edificios, las gallardas iglesias y las demostraciones de un arte y un pasado originales en pequeños detalles regados aquí y allá, un roído tramo de escaleras, una estropeada puerta, un par de roídas columnas decorativas, o un fragmento de lo que en otro momento fuera un jardín con su barandilla torcida y herrumbrosa. En general, las casas forman bloques homogéneos, y de cuando en cuando, se alza una cúpula con infinidad de ventanas para recordar las épocas en que las familias de los capitanes y los navieros vigilaban el mar.

Cientos de dialectos sacrílegos asaltaban el cielo desde esta mezcla de putrefacción material y espiritual. Hordas de delincuentes deambulaban gritando y cantando por pasadizos y calles, unas manos ocultas, de tarde en tarde, de pronto apagaban la luz y corrían las cortinas, y unas caras oscuras marcadas por el pecado se esfumaban de las ventanas al sorprenderlos el visitante. Los policías trataban de aplicar algún orden y trataban de alzar barreras a fin de resguardar el mundo exterior del contagio. Al ruido metálico de la patrulla respondía una especie de aterrador silencio y los detenidos que atrapaban nunca se mostraban comunicativos. Los delitos indiscutibles son tan diversos como los dialectos locales y van desde el contrabando de ron y la entrada encubierta de extranjeros —pasando por los distintos grados de depravación y profundo vicio—, hasta el asesinato y la mutilación en sus maneras más espantosas. El hecho de que estos delitos visibles no sean más frecuentes no es un honor para el barrio, a menos que la capacidad de ocultarlos sea un arte digno de honor. En Red Hook entra más gente de la que sale —al menos, de la que sale por tierra—, y quienes provocan esa situación son los menos elocuentes con toda seguridad.

En este estado de cosas, Malone halló una vaga fetidez y unos secretos más terribles que aquellos pecados que denunciaban los ciudadanos y lamentaban los sacerdotes y filántropos. Sabía como persona, que ante una gran imaginación quedan sepultados los conocimientos científicos, que en la actualidad la gente que vive al margen de la ley tiende extrañamente a repetir las conductas instintivas más terribles del salvajismo primitivo y casi animal en su vida cotidiana, y en sus observaciones rituales, y con una turbación de antropólogo, había visto con frecuencia desfilar procesiones acompañadas de cánticos y maldiciones, de jóvenes de ojos turbios y rostros picados de viruela que marchaban durante las primeras horas de la madrugada. Constantemente se observaban grupos de estos jóvenes, unas veces, mirando furtivamente en las esquinas de las calles; otras, en los vestíbulos, tocando misteriosamente instrumentos musicales de poca calidad; otras, sumergidos en un entumecimiento anonadante, absortos en conversaciones indecentes sentados en la mesa de algún restaurante próximo a Borough Hall, o hablando en voz baja junto a un taxi arruinado frente a la solemne puerta de algún caserón viejo y deshecho con los postigos cerrados. Le encantaban y le causaban escalofríos, más de lo que se atrevía a contarles a sus compañeros de trabajo, porque le parecía notar en ellos una especie de secuencia monstruosa y de profunda continuidad, una pauta diabólica, oscura y arcaica que estaba más allá y por debajo de todos los actos, costumbres y madrigueras investigadas con escrupuloso cuidado técnico por la policía. Él intuía que, sin duda, eran herederos de alguna espantosa y primaria tradición, participantes de cultos y ceremonias degradadas y fragmentarias más antiguas que la humanidad. Su coherencia y su precisión se lo sugerían, y las señales de un orden subyacente bajo el espantoso desorden lo revelaban. No en vano había estudiado tratados como el *Witch-Cult in Western Europe* de Margaret Murray y sabía que hasta los últimos años, había continuado entre los campesinos y personas ocultas, un tipo de reuniones y orgías horribles y escondidas que procedían de tenebrosas religiones previas al mundo ario y que surgían en las leyendas populares como misas negras y aquelarres. No creía, en absoluto, que hubiesen desaparecido estas huellas diabólicas de magia asiático-turania y de cultos de la fertilidad, y se preguntaba con frecuencia qué tan antiguos y negros serían algunos de ellos de lo que se decía en realidad.

III

Fue el caso de Robert Suydam el que llevó a Malone al centro del caso de Red Hook. Suydam era un hombre solitario y culto que formaba parte de una vieja familia holandesa. Desde el principio contó con los medios justos para vivir con independencia y vivía en la grande pero mal conservada vivienda que su abuelo había levantado en Flatbush cuando dicho pueblo era poco más que un bonito conjunto de casas de estilo colonial construidas alrededor del templo de la Iglesia Reformada, cubierto de hiedra, con su campanario y su camposanto cercado con valla de hierro y lleno de lápidas con nombres holandeses. En su aislada casa de Martense Street, en medio de un jardín de honorables árboles, Suydam había leído y meditado durante sesenta años, excepto un período en que se lanzó, una generación antes, rumbo al viejo continente donde subsistió durante ocho años. No podía permitirse tener criados, recibía pocas visitas en su imperiosa soledad, evitaba amistades íntimas y recibía a sus pocos conocidos en una de las tres estancias de la planta baja que él mismo conservaba en orden, una sala inmensa con estantes que llegaban hasta el techo, sólidamente atiborradas de libros pesados, rotos, viejos y de aspecto ligeramente repugnante. El crecimiento del pueblo y su incorporación final al distrito de Brooklyn no había significado nada para Suydam, quien a su vez había perdido significado para el pueblo. La gente mayor aún lo señalaba en la calle, pero para la mayoría de los habitantes más jóvenes era solamente un tipo raro, corpulento y viejo, cuyo cabello blanco y enmarañado, barba hirsuta, traje negro impecable y bastón con empuñadura de oro, le valían una mirada divertida y solo eso.

Malone no lo conoció de vista hasta que su trabajo le hizo intervenir en el caso, pero había escuchado decir que era una auténtica autoridad en supersticiones medievales y una vez había querido echar una ojeada a un ensayo suyo ya agotado, sobre la cábala y la leyenda de Fausto, ensayo que un amigo suyo había aludido de memoria. Suydam se transformó en un "caso" cuando sus alejados y únicos familiares trataron de lograr un dictamen judicial sobre su salud mental. La acción de estos parientes había lucido repentina ante el mundo exterior, pero en realidad lo decidieron después de una larga observación y desagradables discusiones. Se basaba en algunos cambios inusuales que habían notado en su forma de hablar y en sus costumbres, así como en sus extrañas referencias a fenómenos malignos y en sus misteriosas visitas a los vecindarios de mala reputación de Brooklyn. Con el tiempo se había ido volviendo más despreocupado de su persona hasta convertirse en un verdadero pordiosero y sus avergonzados amigos le miraban a veces por las estaciones del Metro, o vagando en los bancos de los alrededores de Borough Hall, hablando con desconocidos de piel oscura y cara sospechosa. Cuando conversaba, era para murmurar cosas sobre algunos poderes ilimitados que casi tenía bajo su control, y repetía con cautelosas miradas de inteligencia palabras o nombres místicos como "Sefirot", "Asmodeo" y "Samaél". El dictamen judicial declaró que estaba gastando sus rentas y malgastando su patrimonio en la compra de extraños libros importados de Londres y de París, y en el sostén de un sótano miserable en el distrito de Red Hook, donde transcurría casi todas las noches recibiendo raros grupos de personas extranjeras, broncas y desiguales, y guiando, al parecer, cierto tipo de ritos ceremoniales detrás de las verdes y discretas persianas. Los detectives a quienes se les encomendó su vigilancia notificaron haber escuchado desde afuera extraños gritos y cánticos y ruidos de saltos durante esos rituales nocturnos, y se impresionaban ante su éxtasis y abandono, a pesar de las bastas orgías que solían celebrarse en esa zona miserable. Sin embargo, cuando se supo la noticia, Suydam se las arregló para continuar en libertad. Ante el juez, su comportamiento fue cortés y razonable, y admitió sin reservas lo raro de su conducta y la extravagancia del lenguaje en la que había caído motivado a su excesiva entrega al estudio y a la investigación. Mencionó que se había dedicado a la investigación de ciertos semblantes de las tradiciones europeas que demandaban el más cercano contacto con grupos extranjeros y el conocimiento de sus canciones y danzas populares. La idea de que una miserable sociedad secreta lo estaba envolviendo, como insinuaban sus parientes, era claramente absurda y evidenciaba lo poco que entendían su trabajo. Tras el éxito de sus calmadas explicaciones, fue dejado en libertad y fueron retirados con cierto disgusto los detectives contratados por la familia, Corlear y Van Brunt.

Fue entonces cuando se encargó del caso un grupo conformado por inspectores federales y policías, Malone entre ellos. La policía había seguido con interés el caso de Suydam y había sido convocada en varias ocasiones para ayudar a los detectives privados. Durante esta investigación se puso de manifiesto que entre los nuevos amigos de Suydam se hallaban los más oscuros y depravados criminales que provenían de los tenebrosos callejones de Red Hook, y que al menos una tercera parte de esa gente eran reincidentes en casos de robo, disturbios e introducción ilegal de inmigrantes. Ciertamente, no sería exagerado mencionar que el círculo personal del viejo erudito coincidía casi totalmente con la peor de las pandillas organizadas que, desde tierra, ayudaban a pasar ilegalmente a cierta masa incalificable de asiáticos tan sabiamente rechazados por Ellis Island. En los garitos rebosantes de la posteriormente renombrada Parker Place, donde Suydam tenía el sótano, se había formado una insólita colonia de gente rara de ojos rasgados que usaban el alfabeto árabe, aunque era abiertamente rechazada por la gran mayoría de sirios que habitaban en Atlantic Avenue y sus proximidades. Todos podían ser expulsados por falta de documentación, pero los organismos legales trabajaban con lentitud y no se podía eliminar Red Hook a menos que la mala publicidad forzara a las autoridades a tomar esa medida. Estos personajes acudían a una arruinada iglesia de piedra, usada los viernes como salón de baile, la cual levantaba sus contrafuertes góticos cerca de la parte más mísera del barrio marinero. En principio era católica, pero los sacerdotes de todo Brooklyn le negaban al lugar toda condición y legitimidad y los policías estaban de acuerdo con ellos cuando oían el murmullo que salía de ella por la noche. Cuando la iglesia permanecía vacía y sin luces, a veces Malone creía escuchar las notas bajas y desafinadas de un órgano oculto y espantoso, como si esas notas brotasen de las profundidades de la tierra, en cuanto a los otros observadores, los atemorizaban los gritos y golpes de tambor con que se acompañaban los servicios religiosos. Al ser interrogado, Suydam mencionó que creía que el ritual era un retazo de cristianismo nestoriano acompañado de chamanismo del Tíbet. Según él, la mayoría de estas personas era de origen mongólico y venían de alguna zona próxima al Kurdistán, y Malone no pudo impedir pensar que el Kurdistán es el país de los yezidíes, últimos supervivientes de los adoradores persas del diablo. Como fuese, el alboroto de la investigación de Suydam confirmó que estos clandestinos recientes llegaban a Red Hook en número cada vez mayor, entraban al país gracias a alguna ambición no conocida por los oficiales de aduanas ni por la policía de puertos, invadían Parker Place y se extendían rápidamente por la colina, siendo protegidos fraternalmente por los múltiples residentes de la zona. Sus figuras achaparradas y su fisonomía particularmente bizca, combinadas de forma grotesca con ropa definitivamente americana, se veían cada vez con mayor frecuencia entre los maleantes y los pistoleros errantes del sector de Borough Hall. Finalmente, se consideró necesario efectuar un censo de todos ellos, conocer cuáles eran sus recursos y ocupaciones y ver la manera de cercarlos y entregarlos a las autoridades de inmigración. Malone fue designado para este trabajo por acuerdo de las fuerzas federales y locales, y cuando empezó la limpieza de Red Hook, intuyó que se encontraba al borde mismo de unos horrores indecibles, con la figura andrajosa y desatendida de Robert Suydam como ad-versario y principal enemigo.

IV

Los métodos policiales son múltiples e ingeniosos. Malone, valiéndose de prudentes paseos, minuciosas conversaciones casuales, calculadas promesas de licor y discretos encuentros con asustados prisioneros, se informó de muchos detalles sueltos sobre ese movimiento que había tomado un aspecto tan amenazador. En efecto, los recién llegados eran kurdos, aunque hablaban en una lengua oscura y desconcertante en cuanto a su exacta filología. Los que trabajaban, eran en su mayor parte cargadores de muelle o buhoneros sin licencia, aunque con frecuencia servían en restaurantes griegos y trabajaban en los kioscos de periódicos de las esquinas. Sin embargo, una gran parte carecía de un medio notable de subsistencia y tenía que ver directamente con actividades delictivas, de las cuales el contrabando y el tráfico ilegal de licores eran las menos innombrables. Casi todos habían llegado en buques de vapor y habían sido desembarcados en noches oscuras en botes de remo, que después entraban furtivamente por debajo de cierto muelle y seguían por un canal oculto hasta un recodo subterráneo ubicado debajo de cierta casa. Malone no logró encontrar el muelle, ni el canal, ni la casa, ya que los recuerdos de sus informadores eran terriblemente confusos, además, su lenguaje era casi incomprensible aún para los intérpretes más capaces. Tampoco pudo obtener ninguna información coherente sobre las causas de su importación sistemática. Se mostraron prudentes con relación al lugar del que venían y en ningún momento los pudo atrapar lo bastante desprevenidos como para mencionar qué agentes los habían buscado y orientado. Ciertamente, manifestaron algo así como un tremendo miedo cuando se les preguntó por las razones de su presencia allí. Los maleantes de otras razas se manifestaron igualmente reservados y lo único que logró deducir fue que un dios o un gran sacerdote les había ofrecido poderes inauditos y glorias y gobiernos sobrenaturales en una tierra diferente. La concurrencia de los recién llegados y viejos delincuentes a las estrictamente vigiladas reuniones nocturnas de Suydam era muy asidua y la policía no tardó en saber que el antiguo solitario había arrendado pisos adicionales para alojar a aquellos invitados que estaban informados de sus consignas. Finalmente, adquirió tres edificios enteros y albergaba de manera permanente a muchos de estos misteriosos compañeros. Ahora permanecía poco tiempo en su casa de Flatbush, donde solo iba para buscar o devolver libros, y su expresión y conducta habían alcanzado un asombroso grado de extravío. Malone fue a entrevistarlo un par de veces, pero ambas fue rechazado con rudeza. Dijo no saber nada de intrigas ni de conjuros misteriosos, no tenía idea de cómo habían llegado los kurdos ni qué intentaban. Su trabajo era investigar con serena tranquilidad el folklore de todos los inmigrantes del distrito, cuestión en la que la policía no tenía por qué inmiscuirse. Malone le expresó su admiración por su viejo folleto acerca de la cábala y otros mitos, pero la aceptación del viejo fue solo momentánea. Tomó aquello como una intrusión y echó a su visitante sin contemplaciones. Malone se retiró contrariado y buscó otros medios de información.

Nunca sabremos qué habría encontrado Malone si hubiese podido investigar continuamente en el caso. Pero un estúpido problema entre las autoridades locales y federales provocó que se suspendieran las investigaciones durante meses, en el transcurso de los cuales el detective trabajó en otras misiones. Aunque en ningún momento perdió el interés, ni dejó de sorprenderle lo que comenzaba a sucederle a Robert Suydam. Coincidiendo con una ola de secuestros y desapariciones que sacudió a Nueva York, el desaliñado erudito comenzó a experimentar una metamorfosis tan sorprendente como absurda. Un día lo vieron por las cercanías de Borough Hall con el rostro afeitado, peinado y con un traje impecable y de buen gusto, y en adelante, cada día se notaba en él cierta extraña mejoría. Permanentemente, mantenía su conducta caprichosa, a la que vino a sumarse un extraordinario brillo en sus ojos y una fortaleza en el habla, y poco a poco, comenzó a perder la gordura que durante tanto tiempo lo había deformado. Ahora era común que se le atribuyese menos edad de la que tenía, logró elasticidad en su manera de caminar y firmeza en su porte de acuerdo con su nueva vida, y su cabello manifestó un curioso oscurecimiento que no parecía deberse a un tinte. Algunos meses después comenzó a vestir de forma cada vez menos conservadora y, finalmente, sorprendió a sus amigos al rehabilitar y acicalar de nuevo su mansión de Flatbush, que abrió con una sucesión de recepciones a las que invitó a cuantas amistades recordaba, dando una especial recepción a sus olvidados parientes que poco tiempo atrás habían tratado de internarlo. Algunos fueron por curiosidad y otros por obligación, pero todos se sintieron rápidamente encantados ante la gracia y gentileza de que hacía gala el viejo ermitaño. Este mencionó que había terminado casi todo el trabajo que se había asignado, y ya que acababa de heredar cierta propiedad de un amigo europeo casi olvidado, iba a transitar el resto de sus días en una segunda y más brillante juventud, situación que hacían posible la tranquilidad económica, el cuidado y una dieta balanceada. Cada vez circulaba menos por Red Hook, y cada vez se desenvolvía más en la sociedad en la que había nacido. La policía notó que los maleantes solían congregarse ahora en la vieja iglesia-sala de baile en vez de ir al sótano de Parker Place, aunque este lugar y sus recientes anexos seguían repletos de vida pestilente.

Entonces ocurrieron dos acontecimientos bastante separados, pero de enorme interés para el caso, tal como Malone lo concebía. Uno fue el discreto anuncio, aparecido en el *Eagle*, del matrimonio de Robert Suydam con la señorita Cornelia Gerritsen de Bayside, joven de magnífica posición y pariente lejana de su anciano prometido. El otro fue una redada realizada por la policía en la iglesia-sala de baile, tras recibir el aviso de que en una ventana del sótano se había visto, muy fugazmente, el rostro de un niño secuestrado. Malone participó en esa redada y una vez adentro, investigó el lugar con todo detenimiento. No hallaron a nadie —en realidad, cuando llegaron el edificio estaba absolutamente desierto—, pero su instinto celta se sintió ligeramente inquieto ante muchas de las cosas que vio en el interior. Había maderas con pinturas intensamente desagradables, tablas que representaban rostros sagrados con expresiones especialmente mordaces y mundanas, los cuales a veces tomaban gestos libertinos que ni una sensibilidad profana con cierto decoro apenas podría aprobar. Tampoco le agradó la inscripción griega en el muro sobre el púlpito. Era una antiquísima fórmula mágica con la que ya se había encontrado en sus tiempos de estudiante en Dublín, y que al traducirla, decía literalmente:

¡Oh amiga y compañera de la noche, tú que te diviertes con el ladrido del perro y con la sangre derramada, que vagas entre las sombras de las tumbas y ansías la sangre y traes el terror a los mortales, Gorgo, Mormo, luna de mil caras, mira con ojos favorables nuestros sacrificios!

Tembló al leer esto y recordó remotamente las notas desafinadas y bajas del órgano que había imaginado escuchar algunas noches como si salieran de abajo de la iglesia. Y nuevamente se impresionó al observar herrumbre en la orilla de un cuenco metálico que estaba sobre el altar y se paró nervioso cuando su olfato sintió un olor extraño y espantoso proveniente de algún lugar cercano. Le abrumaba el recuerdo de los acordes de órgano y registró el sótano con cuidadosa atención antes de marcharse. El lugar le resultaba abominable, sin embargo, ¿qué serían las pinturas e inscripciones blasfemas, aparte de meras groserías, realizadas por seres ignorantes?

En los tiempos en que se había establecido la boda de Suydam, la ola de secuestros se había transformado en un escándalo periodístico general. La mayor parte de las víctimas eran infantes de las clases sociales más bajas, pero el creciente número de desapariciones había provocado un sentimiento de furia muy violento. Los diarios exigían la intervención de la policía y una vez más la delegación de Butler Street envió a sus hombres a Red Hook en busca de huellas, pistas y criminales. Malone se alegró de entrar nuevamente en acción y se complació al tomar parte en

la redada que se realizó a una de las casas que tenía Suydam en Parker Place. No hallaron a ninguno de los niños
secuestrados, a pesar de lo que se decía sobre los gritos y
una venda roja recogida en el patio, pero las pinturas y las
atroces inscripciones que llenaban las paredes desnudas de
casi todas las habitaciones y el primitivo laboratorio quími-
co del desván, persuadieron al detective de que se hallaba
sobre la pista de algo importante. Las pinturas eran aterradoras: monstruos horribles de todas las formas y tamaños,
y representaciones de figuras humanas imposibles de describir. Las frases estaban escritas en rojo, con letras árabes,
griegas, latinas y hebreas. Malone no pudo leer muchas de
ellas, pero lo que logró descifrar resultó ser extraordinario
y cabalístico. Una frase, frecuentemente repetida en una
variedad de griego hebraizado del período helénico, suge-
ría las más espantosas evocaciones del demonio del declive
alejandrino:

EL. HELOYM. SOTHER. EMMANUEL. SABAOTH.
AGLA. TETRAGRAMMATON. AGYROS. OTHEOS.
ISCHYROS. ATHANATOS. IEHOVA. VA. ADONAI.
SADAY. HOMOVSION. MESSIAS. ESCHEREHEYE.

Por todas partes había círculos y pentáculos que sin lugar a dudas revelaban las extrañas creencias y aspiraciones
de aquellos que habitaban allí de manera tan mísera. Sin
embargo, en el sótano encontró lo más raro de todo, una
pila de lingotes de oro, cuidadosamente cubierta con un
trozo de arpillera y en sus brillantes superficies lucían los
mismos jeroglíficos espantosos que se hallaban en las paredes. Durante la redada, la policía tan solo encontró la
pasiva resistencia de los bizcos orientales que surgían como

enjambres de todas las puertas. Viendo que no había nada más de importancia, tuvieron que dejar todo como estaba. Sin embargo, el comisario del distrito remitió una nota a Suydam exigiendo que debía vigilar estrechamente a sus inquilinos y protegidos, a causa del creciente clamor público.

V

La boda tuvo lugar en junio y causó gran sensación. En Flatbush reinaba el movimiento hacia las doce del mediodía y una cantidad de vehículos adornados con cintas llenaban las calles cercanas a la iglesia holandesa donde habían colocado un toldo que iba de la puerta a la calle. Ningún suceso local superó las nupcias Suydam-Gerritsen en elegancia y categoría y el grupo que escoltó a la novia y al novio hasta el muelle de la Cunard fue, si no el más elegante, al menos una gran página para la alta sociedad. A las cinco se intercambiaron los saludos, moviendo la mano en señal de adiós, y el pesado transatlántico se separó del largo espigón, lentamente giró la proa hacia el mar, soltó amarras y se orientó hacia las inmensas aguas que los llevarían hacia las maravillas del vicioso mundo. Cuando se despejó la cubierta ya era de noche y los pasajeros rezagados vieron las estrellas que parpadeaban por encima de un mar no contaminado. No se sabe si fue el carguero o el grito lo primero que llamó la atención. Seguramente fueron ambas cosas a la vez, pero de nada sirve hacer suposiciones. El grito brotó del camarote de Suydam y quizá el marinero que tumbó la puerta habría podido narrar cosas espantosas si no se le hubiera trastornado la cordura en ese mismo instante. El caso es que comenzó a gritar más fuerte que las primeras víctimas y echó a correr frenéticamente por el barco hasta que lo atraparon y lo encerraron. El médico de a bordo, que entró al camarote unos minutos más tarde y encendió las luces, no enloqueció, pero no le comentó a nadie lo que vio hasta algún tiempo después, cuando estableció correspondencia con Malone, en Chepachet. Fue asesinato —por estrangulamiento— pero no hace falta mencionar que las huellas que surgieron en el cuello de la señora Suydam no correspondían con las manos de su esposo ni con las de ningún ser humano y que la inscripción en caracteres rojos que flotó en el blanco tabique por unos instantes, señalada después de memoria, parece que coincidía nada menos que con las aterradoras letras caldeas de la palabra "LILITH". No hace falta mencionar estas cosas porque desaparecieron rápidamente. En cuanto a Suydam, se logró impedir que otras personas entraran en el camarote hasta saber qué pensar. El médico le aseguró rotundamente a Malone que no llegó a ver aquello y que justo antes de él encender las luces, observó la portezuela abierta y cegada unos instantes por cierta fosforescencia, y durante un segundo le pareció escuchar en la oscuridad del exterior algo así como una risa infernal y reducida, pero la verdad es que no vio nada. Como prueba, el doctor alega el hecho de haber conservado la cordura.

Después de aquello, el carguero atrajo la atención de todos. Soltó un bote y una bandada de insolentes rufianes de tez oscura y vestidos con uniforme de oficial, invadió la cubierta del buque y detuvo momentáneamente el barco de la Cunard. Querían a Suydam, tanto si estaba vivo como si no. Tenían noticia de su viaje y por extrañas razones estaban seguros de que moriría. La cubierta del capitán era un absoluto caos, durante unos instantes, entre el informe del doctor sobre el suceso del camarote y las peticiones de los hombres del carguero, ni el más sensato y cuidadoso de los navegantes supo qué hacer. De repente, el que comandaba a los marinos visitantes, un árabe de boca absolutamente negroide, sacó un sucio y arrugado papel y se lo entregó al capitán. Estaba firmado por Robert Suydam y contenía este extraño mensaje:

> *En caso de que muera o me suceda algún accidente súbito o inexplicable, pido que mi cuerpo sea confiado sin preguntas al portador de esta nota y a sus acompa-ñantes. Para mí, y tal vez para usted, todo dependerá del total cumplimiento de esta petición. Más tarde sa-brá por qué, no me defraude ahora.*
>
> *ROBERT SUYDAM*

El capitán y el doctor se miraron mutuamente y el se-gundo le comentó algo al primero. Finalmente, afirma-ron impotentes y se trasladaron al camarote de Suydam. El doctor hizo que el capitán desviase su mirada cuando abrió la puerta y le dio paso a los extraños marineros. Ni siquiera respiró hasta que salieron con su cargamento tras permanecer largo rato preparándolo. Lo sacaron envuelto en una sábana de la cama y el doctor se alegró de que no se notara demasiado la silueta. De alguna manera, los hom-bres cargaron el bulto por un costado hasta la cubierta del barco y se lo llevaron sin descubrirlo. El barco de la Cunard reemprendió el viaje, y el doctor y el que se encargaba de las funciones funerarias a bordo trataron de ejecutar en el camarote de Suydam los últimos servicios que pudieron.

Una vez más, el médico se vio obligado a mantener el silencio hasta la exageración, dado lo espantoso de lo sucedido. Cuando el encargado de los servicios funerarios preguntó por qué había extraído toda la sangre del cuerpo de la señora Suydam, olvidó decir que él no lo había hecho y tampoco le señaló los espacios vacíos de las botellas que faltaban en el estante, ni habló del olor en el lavabo que revelaba la forma apurada con que las habían vaciado de su contenido original. Los bolsillos de aquellos marinos —si es que eran hombres—, se ensanchaban bastante en el momento en que abandonaron el barco. Dos horas más tarde, el mundo, conocía por la radio todo sobre el horrible caso.

VI

Esa misma tarde de junio, sin haber escuchado noticia alguna de lo ocurrido en altamar, Malone estaba desesperadamente ocupado por los callejones de Red Hook. Una súbita revuelta pareció alterar el ambiente y, como enterados de un rumor de algo particular, los vecinos se concentraron alrededor de la iglesia-sala de baile y de las casas de Parker Place. Acababan de desaparecer tres niños —noruegos, de ojos azules, de las calles cercanas a Gowanus— y corrió la voz de que se estaba reuniendo un grupo de robustos vikingos de aquel sector. Malone llevaba semanas insistiendo sobre la importancia de efectuar una limpieza general, finalmente, motivados por situaciones más evidentes ante el sentido común que las sospechas de un soñador dublinés, autorizaron a dar el golpe definitivo. La alarma y el peligro de esa tarde fue un hecho decisivo, y poco antes de las doce de la noche una patrulla, reclutada en tres comisarías con el fin de llevar a efecto la redada, bajó hacia Parker Place y sus alrededores. Tumbaron puertas, atraparon a cuantos encontraron allí y abrieron las habitaciones alumbradas con velas, obligándolas a liberar multitudes increíbles y heterogéneas de extranjeros cubiertos con atuendos llamativos, mitras y otros ornamentos misteriosos. Fue mucho lo que se perdió en la escaramuza, ya que apresuradamente lanzaron los objetos a unos pozos inadvertidos que delataban los aromas que ellos pretendían camuflar quemando agresivos inciensos a toda prisa. Pero había manchas de sangre por todas partes y Malone se sacudió al ver en el altar un recipiente del que aún salía humo.

Quería estar en distintos sitios a la vez y decidió examinar el sótano de Suydam solo cuando un mensajero le indicó que la arruinada iglesia-sala de baile estaba totalmente vacía. Pensó que tal vez hubiera en el piso alguna pista sobre el rito del que el erudito de lo oculto se había transformado en alma y líder. Registró con auténtico interés las mohosas habitaciones, percibió su vago olor a carroña, y examinó los curiosos libros, instrumentos, lingotes de oro y frascos con tapón de cristal, todo ello distribuido de cualquier manera. Entre las piernas se le atravesó un gato flaco de color blanco y negro que lo hizo tropezar, volcando un recipiente medio lleno de un liquido rojo. La impresión fue tremenda. Hasta hoy, Malone no está seguro de lo que observó, pero todavía se le presenta en sueños el gato escabulléndose con ciertas alteraciones y atroces particularidades. Luego llegó a la puerta del sótano, estaba cerrada con llave y buscó algo con qué derribarla. Halló cerca un pesado banco y su sólido asiento fue más que suficiente para hacer saltar los viejos postigos. Se oyó un crujido y cedió toda la puerta... pero empujada desde el otro lado, de donde surgió el turbulento aullido de un viento frío como el hielo y saturado de todos los hedores del inmenso pozo, el cual tenía una fuerza succionante que no parecía originarse ni en la tierra ni en el cielo y que, enroscándose como un ente vivo alrededor del paralizado detective, lo arrastró por la abertura y lo lanzó a insondables espacios plagados de murmullos, sollozos y risotadas de burla.

Claro está, aquello fue un sueño. Todos los médicos se lo han dicho y él no puede probar lo contrario. Por supuesto, preferiría que fuese de esa manera, porque entonces la visión de los miserables barrios de ladrillo y los rostros oscuros de los extranjeros no le afectarían el alma de ese modo. Pero en esos momentos todo fue aterradoramente real y nada puede borrarle la imagen de esas criptas tenebrosas, esas bóvedas titánicas y esas diabólicas figuras semiformadas y espantosas que avanzaban en silencio cargando entre sus garras seres semidevorados cuyos pedazos, vivos aún, gritaban pidiendo misericordia o reían demencialmente. Olores a incienso y a corrupción se mezclaban en asqueroso concierto y el aire negro bullía de bultos nublados, casi visibles, de seres elementales deformes y dotados de ojos. En algún lugar, un agua negra y viscosa acariciaba espigones de ónice, y una de las veces escuchó el estremecido sonido de unas campanillas chillonas que saludaban la risa trastornada y contenida de una entidad desnuda y resplandeciente que emergió a la superficie, salió a la orilla y se subió a lo alto de un pedestal tallado en oro que estaba en el fondo y se agachó en cuclillas mirando de lado. Unas galerías de oscuridad infinita parecían desparramarse en todas direcciones, al punto de que llegó a imaginar que aquello era la raíz de un contagio orientado a envenenar y tragarse ciudades enteras e incluso, hundir naciones enteras en una fetidez de mixta pestilencia. Aquí se había implantado el pecado cósmico y supurando ritos irreverentes había comenzado una jocosa marcha de muerte que iba a contaminarnos a todos y a convertirnos en esponjosas anormalidades, demasiado horrendas para encontrar descanso en las sepulturas. Satanás tenía aquí su corte babilónica y los miembros llagados de la fluorescente Lilith eran lavados con sangre de niños inmaculados, íncubos y súcubos vociferaban alabanzas a Hécate y unos becerros-luna acéfalos le mugían a la Magna Mater. Las cabras saltaban al son de unas finas y detestables flautas y un grupo de egipanes corría incansablemente por las rocas detrás de unos faunos deformes con apariencia de sapos hinchados. Ni Moloch ni Ashtaroth estaban ausentes, pues en esta quintaesencia de toda maldición habían quedado destruidos los límites de la conciencia y la fantasía del hombre cubría perspectivas de todos los reinos del horror y de todas las dimensiones prohibidas que el mal podía provocar. El mundo y la Naturaleza estaban irremediablemente desprotegidos ante estos asaltos nacidos en abiertos pozos de noche y ninguna señal ni oración era capaz de contener el desbordante Walpurgis de terror que se había producido cuando un sabio, en posesión de la espantosa llave, había tropezado con una gentuza cargada con la urna cerrada y llena de saber demoníaco.

De repente, un rayo de luz física atravesó todas estas alucinaciones y Malone escuchó un sonido de remos en medio de unos seres malditos que deberían estar muertos. Ante su vista surgió un bote con un farol en la proa y se dirigió rápidamente hacia un gran aro de hierro que había en el muelle de piedra cubierto de limo y expulsó a varios hombres oscuros cargados con un bulto envuelto en una sábana. Lo llevaron hasta la entidad desnuda y fosforescente agachada en lo alto del dorado y tallado pedestal, y la entidad se rio y manoseó el bulto de la sábana. A continuación, descubrieron y pusieron de pie ante el pedestal, el cadáver gangrenoso de un viejo robusto de barba incipiente y cabellos blancos desordenados. La entidad fosforescente rio de nuevo y los hombres sacaron unas botellas de sus bolsillos y le frotaron los pies con un líquido rojo, luego entregaron las botellas a la entidad para que bebiese su contenido.

Luego, desde un callejón arqueado que se perdía a lo lejos brotaron las notas demoníacas y jadeantes de un órgano maldiciente, sofocando y apagando con sus desafinados sonidos y sus mordaces bajos las risas infernales. Un momento después, todas las entidades que estaban allí quedaron paralizadas. Y agrupándose en un desfile ceremonial, la horda de pesadilla se alejó pomposamente al encuentro de la música, cabras, sátiros y egipanes, íncubos, súcubos y lémures, sapos deformes, seres elementales aulladores y perrunos y habitantes mudos de las tinieblas, llamados todos por la abominable entidad fosforescente que había ocupado el trono dorado y que ahora avanzaba desvergonzado llevando en brazos el cadáver con los ojos vidriosos del corpulento anciano. Los hombres raros y oscuros bailaban detrás y toda la fila saltaba y brincaba con furia dionisíaca. Malone dio unos pasos detrás de ellos, confundido y delirante, sin reconocer si estaba en este o en otro mundo. Luego dio media vuelta, dudó y cayó sobre la piedra fría y húmeda, fatigado y tembloroso, mientras el diabólico órgano continuaba desafinando, y los aullidos, el golpe de los tambores y el tintineo de la demente procesión se hacía cada vez más suave.

Tenía la vaga conciencia de unos cánticos espantosos y de espeluznantes graznidos a lo lejos. De vez en cuando escuchaba un gemido o aullido de devoción ceremonial a través de la bóveda sombría, hasta que por último entonaron la horrenda fórmula mágica griega cuyo texto había leído sobre el púlpito de la iglesia-sala de baile.

¡Oh amiga y compañera de la noche, tú que te diviertes con el ladrido del perro (aquí estalló un aullido espantoso) y con la sangre derramada (ruidos bestiales), que vagas entre las sombras de las tumbas (aquí surgió un suspiro sibilante) y ansías la sangre y traes el terror a los mortales (gritos cortos y agudos de infinidad de gargantas), Gorgo (repetido en respuesta), Mormo (repetido en éxtasis), luna de mil caras (suspiros y notas de flauta), mira con ojos favorables nuestros sacrificios!

Al terminar el canturreo, se elevó un grito general y unos ruidos agudos casi ahogaron las notas bajas y siniestras del desafinado órgano. Luego brotó un sofoco de muchas gargantas y una babel de ladridos y expresiones quejumbrosas, "¡Lilith, gran Lilith, contempla al esposo!" Más gritos, gemidos exultante y el claro sonido de pisadas de una figura que corría. Las pisadas se acercaron, y Malone se levantó, apoyándose en un codo, para mirar.

La claridad de aquella cripta, que últimamente había disminuido, aumentó ahora levemente y en esa luz demoníaca surgió la fugaz forma de algo que no era posible que pudiese huir, ni sentir, ni respirar; el cadáver gangrenoso con los ojos vidriosos del corpulento anciano, ahora, sin que lo aguantasen, animado por algún hechizo infernal del rito que acababa de terminar. Tras él venía la entidad desnuda y fluorescente del pedestal esculpido y más atrás jadeaban los oscuros hombres y toda una espantosa tripulación de seres repugnantes dotados de sensibilidad. El cadáver iba sacando ventaja a sus perseguidores y corría con una intención premeditada, obligando a cada uno de sus músculos putrefactos a llegar hasta el áureo pedestal cuya nigromántica importancia era extraordinaria al parecer. Un instante después había logrado su objetivo, mientras que la multitud que lo seguía continuaba corriendo con delirante rapidez. Pero fue demasiado tarde, porque el cadáver con los ojos desorbitados que fuera Robert Suydam había alcanzado su objetivo y su victoria en un esfuerzo final que le destrozó los tendones provocando el derrumbe de su cuerpo nauseabundo. El empuje había sido tremendo y su fuerza resistió hasta el final. Y mientras caía transformado en una turbia pústula de corrupción, el pedestal se tambaleó, se volcó y finalmente cayó desde su base de ónice a las espesas aguas, arrojando un último brillo de oro tallado al hundirse pesadamente en los negros abismos del Tártaro inferior. En ese instante también se borró toda la escena de terror frente a los ojos de Malone, quien se desmayó en medio de un atronador estallido que pareció acabar con todo el perverso universo.

VII

Junto al sueño de Malone, experimentado todo antes de saber sobre la muerte de Suydam y de su transbordo en alta mar, vinieron a sumarse algunos incidentes reales del caso —aunque esa no es razón para que nadie lo crea—. Los tres viejos edificios de Parker Place, sin duda plagados desde hacía tiempo de corrupción en su forma más insidiosa, se derrumbaron sin causa aparente cuando estaban adentro la mitad de los policías y gran parte de los prisioneros, y de los dos grupos, el más cuantioso murió de manera instantánea. Solo se salvaron algunas vidas en los sótanos y en las bodegas y Malone tuvo la suerte de hallarse en lo más bajo de la casa de Robert Suydam. Porque efectivamente estaba allí, cosa que nadie está dispuesto a negar. Lo hallaron inconsciente en la orilla de un pozo negrísimo, con un aterrador revoltijo de huesos y putrefacción a unos pasos de él, que por las operaciones dentales identificaron como el cadáver de Suydam. El caso era sencillo, ya que era a ese lugar donde conducía el canal subterráneo de los contrabandistas. Los hombres que habían recogido a Suydam del barco lo habían traído a su casa. A estos no se les pudo encontrar o no se les logró identificar. En cuanto al médico de a bordo, no lo compensan las explicaciones simplistas de la policía. Suydam era, evidentemente, el jefe de unas inmensas operaciones de contrabando de hombres, ya que el que llegaba hasta su casa no era sino uno de los tantos canales subterráneos y túneles de la vecindad. Había uno de ellos que conducía desde su casa a una cripta situada bajo la iglesia-sala de baile, cripta a la que se llegaba desde la iglesia solo cruzando un estrecho pasadizo que había en la pared norte y en cuyas cámaras se hallaron cosas terribles y particulares. Allí estaba el órgano desafinado en una gigantesca capilla abovedada, con bancos de madera y un altar inexplicablemente decorado. En las paredes se alineaban pequeñas celdas, en diecisiete de las cuales —es espantoso relatarlo— hallaron prisioneros, encadenados aisladamente y en estado de completa idiotez, entre ellos cuatro madres con niños pequeños de apariencia inquietantemente extraña. Dichos niños fallecieron al ser expuestos a la luz, hecho que los doctores consideraron una suerte. Aparte de Malone, ninguno de los que los investigaron recordó la macabra pregunta del viejo en el río, *An sint unquam daemones incubi et succubae, et an ex tali congressu proles nascia queat?*

Los canales fueron dragados completamente antes de cegarlos, de allí sacaron una enorme cantidad de huesos de todos los tamaños, aserrados y triturados. Claramente, se había llegado a la raíz de la ola de secuestros, aunque de acuerdo con los indicios legales, solo se pudo vincular a dos de los supervivientes detenidos en el caso. Esos hombres se hallan ahora en prisión, ya que no se ha podido establecer de manera convincente su complicidad en los asesinatos mismos. No se pudo sacar a la luz el pedestal o trono de oro esculpido, tan repetidamente citado por Malone como de gran importancia ocultista, aunque se verificó que en la parte del canal ubicada debajo de la casa de Suydam, las aguas formaban un pozo excesivamente profundo y no fue posible dragarlo. La condenaron y la cegaron con cemento al hacer los sótanos de los edificios nuevos, pero Malone a menudo reflexiona sobre lo que hay abajo. La policía, satisfecha de haber eliminado una peligrosa banda de trastornados traficantes de inmigrantes, dejaron a los kurdos no convictos en manos de las autoridades federales, aunque antes de ser deportados se declaró de manera concluyente que eran parte de la secta yezidí de los adoradores del diablo. El carguero y su tripulación siguen siendo un misterio, aunque los incrédulos detectives están dispuestos a enfrentarse con ellos una vez más, en su lucha por impedir el tráfico de mercancías y el contrabando de ron. Malone considera que esos detectives dan señales de una visión lastimosamente miope con su falta de asombro ante la infinidad de detalles inexplicables y la particular oscuridad de todo el caso, no obstante, igualmente critica a los periódicos que solo vieron en él un enfermizo sensacionalismo y se recrearon en lo que no era sino un sádico culto secundario, cuando podían haber denunciado un espanto nativo del mismo corazón del universo. Pero se alegra de poder reposar tranquilo en Chepachet, calmando su sistema nervioso y pidiendo que el tiempo vaya llevando poco a poco su terrible experiencia del reino de la realidad presente al de la pintoresca y casi mítica lejanía. Robert Suydam reposa junto a su esposa en el camposanto de Greenwood. No se celebró ningún funeral sobre sus huesos raramente rescatados y sus parientes se sienten aliviados por el pronto olvido en que cayó el caso. Por supuesto, ninguna prueba legal ha demostrado la conexión del estudioso con los horrores de Red Hook, ya que su muerte se adelantó al interrogatorio que habría tenido que soportar. Tampoco se menciona su propio fin y los Suydam confían en que el mañana lo recuerde solo como el curioso solitario que se dedicaba a estudiar la magia y el folklore. En cuanto a Red Hook, continúa como siempre. Suydam llegó y se fue, apareció un terror y a continuación se esfumó, pero el ruin espíritu de lo tenebroso y lo sórdido sigue escondido entre los mestizos que viven en los viejos edificios de ladrillo, y los grupos de vagos siguen desfilando sin que se sepa con qué intención, por delante de las ventanas donde aparecen y desaparecen misteriosamente luces y caras retorcidas. El antiguo horror es una hidra de mil cabezas y los cultos tenebrosos tienen sus orígenes en maldiciones más profundas que el pozo de Demócrito. Triunfa el alma de la bestia omnipresente y las hordas de jóvenes de ojos turbios y picados de viruela que merodean por Red Hook siguen maldiciendo y cantando y gritando, mientras desfilan de abismo en abismo, sin que nadie sepa de dónde vienen ni hacia dónde van, impulsados por leyes ciegas de la biología que jamás comprenderán. Como siempre, entra en Red Hook más gente de la que sale por tierra y ya corren los rumores de que vuelven a existir nuevos canales bajo tierra que llevan a algunos centros de tráfico de licor y de cosas menos mencionables.

La iglesia-sala de baile ahora está dedicada casi siempre al baile y se han visto extraños rostros en sus ventanas durante la noche. Hace poco tiempo, un policía manifestó estar convencido de que la cripta cegada fue excavada de nuevo con fines nada fáciles de explicar. ¿Quiénes somos nosotros para combatir venenos más antiguos que la historia y que la humanidad? Los monos danzaban en Asia ante esos horrores y el cáncer progresa y se extiende en esas filas deshechas de edificios de ladrillo donde se oculta lo prohibido. No tiembla Malone sin motivos, pues solo el otro día un oficial escuchó casualmente a una vieja de tez oscura que enseñaba a un niño un cántico en la sombra de un patio. Le puso atención y le pareció muy extraño oírla repetir una y otra vez:

¡Oh amiga y compañera de la noche, tú que te diviertes con el ladrido del perro y con la sangre derramada, que vagas entre las sombras de las tumbas, y ansías la sangre y traes el terror a los mortales, Gorgo, Mormo, luna de mil caras, mira con oros favorables nuestros sacrificios!

EL HORROR OCULTO

I. La sombra en la chimenea

La noche que fui a la mansión abandonada, a buscar el horror oculto, los truenos sacudían el aire en lo alto de la Montaña de las Tempestades. No estaba solo porque la osadía no formaba parte entonces de ese amor por lo grotesco y lo terrible que ha adoptado como oficio la búsqueda de horrores extraños en la vida y en la literatura. Me acompañaban dos hombres fieles y musculosos a quienes había pedido que me ayudaran cuando llegara el momento. Hombres que por sus características únicas, me acompañaban desde hacía mucho tiempo en mis espantosas exploraciones. Nos fuimos del pueblo en secreto a fin de evitar a los periodistas que aún quedaban después del tremendo terror del mes anterior: la muerte solapada y espantosa. Pensé que más tarde podrían ayudarme, pero en ese momento no los quería a mi alrededor. Ojalá, Dios me hubiese estimulado a dejarles participar conmigo en esa búsqueda, para no haber tenido que sobrellevar yo solo el secreto, durante tanto tiempo, por miedo a que el mundo me creyese loco, o todo él enloqueciese ante las diabólicas implicaciones del caso. Ahora que me he resuelto a contarlo —no sea que el rumiarlo en silencio me convierta en un demente— quisiera no haberlo guardado jamás. Porque yo, únicamente yo, sé qué tipo de espanto se escondía en esa montaña sombría y espantosa.

En un pequeño vehículo circulamos por kilómetros de montes y bosques inexplorados hasta que la boscosa pendiente nos detuvo. De noche y sin la acostumbrada cantidad de investigadores, el campo tenía un aspecto más tenebroso de lo habitual, así que con frecuencia nos sentíamos tentados a utilizar las luces de acetileno pese a que estas podían llamar la atención. A oscuras no resultaba un paisaje agradable. Creo que habría notado su anormalidad aun cuando hubiese obviado el terror que allí amenazaba. No había animales salvajes, ellos son precavidos cuando la muerte está cerca. Los viejos arboles grabados por los rayos parecían irregularmente grandes y encorvados y el resto de la vegetación lucía prodigiosamente espesa e inquieta, mientras que unos raros montículos y pequeñas prominencias de tierra cubierta de maleza y fulgurita me hacían imaginar serpientes y abultados cráneos humanos de proporciones abrumadoras.

El horror había estado escondido en la Montaña de las Tempestades durante más de un siglo. Esto lo supe de inmediato por las noticias de los periódicos acerca de la catástrofe que había hecho que el mundo se fijara en esta región. Se trata de una lejana y solitaria colina de esa parte de Catskills donde la civilización holandesa penetró débil y temporalmente en otro tiempo, dejando al retirarse unas cuantas mansiones en ruinas y una población miserable de colonos advenedizos que crearon infortunadas aldeas en las aisladas laderas. Esta zona era raramente visitada por la gente normal, hasta que se formó la policía estatal y, aún actualmente, la policía montada se limita a pasar solo de vez en cuando. Sin embargo, el horror goza de una vieja importancia en todos los poblados vecinos y es el principal tema de conversación en las reuniones de los pobres mestizos que a veces dejan sus valles para ir a cambiar sus cestas artesanales por objetos de primera necesidad, ya que no pueden cazar, criar ganado ni cultivar la tierra.

El horror oculto habitaba en la solitaria y retirada mansión Martense, la cual coronaba la elevada pero gradual colina cuya tendencia a las frecuentes tormentas le valió el nombre de Montaña de las Tempestades. Durante un centenar de años, la vieja casa de piedra rodeada de árboles, había sido tema de historias extraordinariamente descabelladas y monstruosamente espantosas. Historias acerca de una muerte sigilosa, solapada y colosal que en verano salía al exterior. Con aterrada insistencia, los colonos advenedizos narraban historias sobre un demonio que atrapaba a los caminantes solitarios después del anochecer y se los llevaba y los dejaba en un terrible estado de semidevorado desmembramiento. Otras veces hablaban de huellas de sangre que llevaban a la distante mansión. Algunos decían que los truenos hacían salir al horror oculto de su refugio y otros que el trueno era su voz fuera de esta apartada zona. Nadie creía en estas contradictorias y dispares fábulas, con sus confusas y singulares descripciones de un demonio entrevisto, sin embargo, ningún campesino ni aldeano dudaba que la mansión Martense era refugio de una macabra entidad. La historia local imposibilitaba semejante duda, pero cuando circulaba entre los aldeanos algún chisme particularmente dramático, los que iban a explorar la residencia no hallaban nunca nada. Las abuelas contaban extrañas fábulas sobre el espectro Martense, leyendas relativas a la propia familia Martense, y a la rara diferencia hereditaria de sus ojos, a sus monstruosos y viejos relatos, y al asesinato que había provocado su maldición.

El sobresalto que me había llevado a mí a ese lugar era la repentina y extraordinaria confirmación de la leyenda más trastornada de los montañeses. Una noche de verano, después de una tormenta de una violencia nunca vista, la aldea se despertó con una desbandada de colonos advenedizos que ninguna ilusión podría haber causado. La horda de miserables habitantes gritaba y narraba sollozando que un horror inconfesable había caído sobre ellos, cosa que nadie puso en duda. No lo habían visto, pero habían escuchado tales lamentos en una de las aldeas, que supieron de inmediato que la tenebrosa muerte la había visitado. Por la mañana, la policía estatal y los ciudadanos acompañaron a los estremecidos montañeses al lugar que, según decían, había visitado la muerte. Y en efecto, la muerte estaba allí. El terreno en el que se encontraba uno de los poblados de colonos se había hundido a causa de un rayo, demoliendo muchas de las malolientes chozas, pero este daño evidente era sobrepasado por una devastación orgánica que lo hacía insignificante. De unos setenta y cinco colonos que habitaban el lugar, no encontraron ni a uno solo con vida. La tierra revuelta estaba bañada de sangre y de restos humanos que mostraban con demasiada claridad los estragos de unas garras y unos dientes infernales, sin embargo, ninguna huella visible se alejaba del sitio de la carnicería. En seguida, todo el mundo coincidió en que esta había sido ocasionada por alguna sanguinaria bestia. A nadie se le ocurrió avivar la denuncia de que tales muertes misteriosas no eran sino espantosos asesinatos, usuales en colectividades decadentes. Solo cuando notaron la ausencia entre los muertos de unas veintiocho personas resurgió tal acusación, pero aun así, resultaba arduo justificar la mortandad de cincuenta por la mitad de ese cifra. El hecho era que una noche de verano había caído un rayo del firmamento y había sembrado la muerte en la aldea, dejando los cadáveres terriblemente amputados, roídos y rasgados.

De inmediato, aunque las aldeas se hallaban a más de tres kilómetros de distancia, los aterrorizados campesinos relacionaron esta monstruosidad con la embrujada mansión Martense. La patrulla de la policía se mostró incrédula, incluyó la mansión en sus investigaciones solo por rutina y la descartó totalmente al encontrarla deshabitada. Sin embargo, los habitantes del campo y de los pueblos registraron el lugar con minuciosidad. Voltearon todo cuanto encontraron en la casa, exploraron los estanques y las fuentes, inspeccionaron los matorrales e hicieron una búsqueda por el bosque de los alrededores, pero todo fue inútil. La muerte no había dejado otra huella que la propia destrucción. Al segundo día de investigación, después de invadir la Montaña de las Tempestades de reporteros, los periódicos narraron el caso extensamente. Lo describieron con mucho detalle e incluyeron variadas entrevistas que confirmaban la historia de terror que describían las abuelas de la comarca. Al principio leí las crónicas sin mucho entusiasmo, ya que soy versado en esta clase de turbaciones, pero una semana después, distinguí ciertos detalles que extrañamente despertaron mi atención, de modo que el 5 de agosto de 1921 me anoté entre los reporteros que llenaban el hotel de Lefferts Corners, el pueblo más cercano a la Montaña de las Tempestades y reconocido cuartel general de los investigadores. Tres semanas más tarde, la deserción de los reporteros me dejaba en libertad para comenzar una exhaustiva indagación de acuerdo con las pesquisas y detalladas averiguaciones que había ido recogiendo mientras tanto.

Así, que esa noche de verano, mientras la tormenta tronaba distante, dejé el silencioso vehículo y emprendí la marcha con mis dos acompañantes armados. Recorrí el último tramo lleno de montículos hasta la Montaña de las Tempestades, apuntando la luz de la linterna eléctrica hacia las paredes grises y espectrales que empezaban a verse entre los gigantescos robles. En esta desagradable soledad nocturna, bajo la oscilante iluminación, el gran edificio cuadrado mostraba oscuras señales de terror que el día no llegaba a mostrar, sin embargo, no sentí la menor vacilación, ya que me empujaba una indetenible decisión de demostrar cierta teoría. Estaba convencido de que los truenos hacían emerger de algún lugar secreto al demonio de la muerte y yo iba dispuesto a verificar si dicho demonio era una entidad corpórea o una emanación etérea. Previamente, había examinado a fondo las ruinas, de modo que tenía bien diseñado mi plan: escogería como lugar de observación la antigua habitación de Jan Martense, cuyo crimen juega un papel importante en las fábulas rurales de la región. Percibía vagamente que el cuarto de esta antigua víctima era el lugar más adecuado para mis intenciones. La habitación, que mediría unos veinte metros de lado, tenía al igual que las otras habitaciones, despojos de lo que en otro momento había sido mobiliario. Estaba en el segundo piso, en el sector sudeste del edificio, tenía un grandísimo ventanal orientado hacia el este y una estrecha ventana que daba al mediodía, ambos vanos desprovistos de cristales y de contraventanas. En el lado contrario al ventanal había una formidable chimenea holandesa —con azulejos que mostraban alegorías al hijo pródigo— y frente a la ventana estrecha, pegada a la pared, una gran cama.

Mientras los atenuados truenos iban en aumento, dispuse los pormenores de mi plan. Primero amarré en el antepecho del ventanal, una junto a otra, tres escaleras de cuerda que había traído conmigo. Sabía que alcanzaban una distancia conveniente respecto al jardín ya que las había probado. Luego, entre los tres trajimos, arrastrando, el armazón de una cama de otra habitación y lo pusimos de lado contra la ventana. Pusimos arriba ramas de abeto y nos acomodamos para descansar con nuestras automáticas preparadas, dormitando dos mientras el tercero vigilaba. Así teníamos la huida asegurada, fuera cual fuese el lugar por donde apareciera el demonio. Si nos embestía desde el interior de la casa, estaban las escaleras del ventanal y si venía desde fuera, podíamos salir por la puerta y la escalera. De acuerdo con lo que sabíamos, no nos acosaría mucho tiempo en el peor de los casos.

Yo estaba vigilando de las doce a la una de la noche cuando, a pesar del ambiente fatídico de la casa, la ventana sin seguridad y los truenos y relámpagos cada vez más cercanos, me sentí dominado por una somnolencia invencible. Estaba entre mis dos compañeros, George Bennett se hallaba al lado de la ventana y William Tobey al lado de la chimenea. Bennett se había dormido, derrotado por la misma extraña somnolencia que sentía yo, de forma que destiné a Tobey para la siguiente guardia a pesar de que dormitaba. Era sorprendente la fijeza con la que yo observaba la chimenea. La progresiva tormenta debió influir en mis alucinaciones, pues en el corto instante que me dormí sufrí visiones apocalípticas. Una de las veces casi me desperté, seguramente porque el hombre que dormía al lado de la ventana había alargado su brazo sobre mi pecho. No me hallaba lo bastante despierto como para verificar si Tobey efectuaba su trabajo como centinela, aunque sentía un manifiesto malestar a este respecto. Nunca había experimentado una sensación tan claramente opresiva de la presencia del mal. Después, debí quedarme dormido de nuevo, porque mi mente salió de un caos fantasmal cuando la noche se volvió aterradora, inundada de alaridos que sobrepasaban todos mis delirios y experiencias anteriores.

En aquellos alaridos, el pánico y el sufrimiento humanos más profundos rasgaban loca y desesperadamente las puertas de ébano del olvido. Desperté para descubrirme ante la roja locura y la burla diabólica, mientras aquella angustia fóbica y cristalina vibraba y se alejaba cada vez más hacia lugares inconcebibles. No había luz, pero por el vacío que observé a mi derecha, comprendí que Tobey se había marchado, solo Dios sabía adónde. Sobre mi pecho, aún sentía el brazo del durmiente a mi izquierda. Luego se produjo otro relámpago y el rayo agitó la montaña entera, iluminó las criptas más tenebrosas de la antigua arboleda y desgarró al más anciano de los retorcidos árboles. Ante el destello demoníaco del rayo, el durmiente se levantó de repente y en ese momento la luz que entró por la ventana proyectó su sombra vívidamente contra la chimenea de la que yo no lograba apartar la vista ni un momento. No entiendo cómo me encuentro aún vivo y en mi sano juicio. No me lo puedo explicar, porque la sombra que vi en la chimenea no era la de George Bennett, tampoco de ninguna criatura humana, sino una maldiciente anormalidad de los más recónditos agujeros del infierno, una abominación innombrable y deforme que mi mente no llegó a registrar por completo y que no hay pluma que la pueda describir. Un instante después, me encontraba totalmente solo en la mansión maldita, temblando y balbuceando. George Bennett y William Tobey habían desaparecido sin dejar rastro ni siquiera de lucha. No volvió a saberse de ellos nunca más.

II. Un muerto en la tormenta

Después de aquella espantosa experiencia, en la mansión escondida en la espesura, tuve que guardar reposo en el hotel de Lefferts Corners, agotado de los nervios. No sé exactamente cómo me las ingenié para llegar hasta el coche, ponerlo en marcha y volver al pueblo en secreto. No tengo clara conciencia de nada, solo de unos árboles de ramas gigantescas, el sonido diabólico de los truenos y las pavorosas sombras entre los bajos montículos que señalaban y demarcaban la región. Mientras tiritaba y recapacitaba sobre lo que proyectaba aquella terrorífica sombra, entendí que finalmente había apreciado uno de los máximos horrores de la tierra, uno de esos males sin nombre de los vacíos exteriores cuyos endebles y satánicos zarpazos escuchamos a veces en el límite más lejano del espacio, contra los que la compasiva limitación de nuestra vista finita nos tiene piadosamente inmunizados. No me atrevía a considerar o identificar la sombra que había visto. Aquella noche, un hombre había permanecido dormido entre la ventana y yo, y me estremecía cada vez que de manera inevitable mi conciencia trataba de clasificarlo. Ojalá hubiese chillado, ladrado o sonreído entre dientes... al menos eso habría disminuido mi abismal terror. Pero se mantuvo en silencio. Había dejado reposar un brazo —un miembro en todo caso— fatigosamente sobre mi pecho... Por supuesto, un ser vivo o lo había sido... Jan Martense, cuya habitación yo había invadido, estaba sepultado cerca de la mansión... Debía hallar a Bennett y a Tobey, si aún vivían... ¿Por qué se los llevó a ellos y me dejó a mí?... El adormecimiento es invencible y los sueños son aterradores...

Al poco tiempo, vislumbré que debía confesarle a alguien mi historia, de lo contrario, me hundiría completamente. Ya había decidido no dejar la búsqueda del horror oculto, porque en mi alocada ignorancia, me parecía que esa duda era peor que poseer el conocimiento por terrible que este pudiera ser. Así que decidí, dentro de mí, qué camino seguir, a quién escoger para hacer cómplice de mis testimonios y cómo descubrir qué cosa había exterminado a los dos hombres y había proyectado su sombra aterradora. Principalmente, a quienes yo conocía en Lefferts Corners era a los periodistas, algunos de los cuales aún seguían investigando las últimas resonancias de la tragedia. Decidí elegir a uno de ellos como compañero y cuanto más lo analizaba, más inclinado me sentía por un tal Arthur Munroe, un personaje delgado y moreno de unos treinta y cinco años, cuya formación, gustos, inteligencia y conducta parecían diferenciarle como una persona que no se ataba a ideas y experimentos convencionales.

Una tarde de principios de septiembre, Arthur Munroe oyó mi historia. Desde el inicio se mostró interesado y receptivo, y cuando terminé, analizó y enfocó el asunto con gran agudeza y juicio. Su consejo fue, además, especialmente práctico, ya que sugirió que demorásemos nuestra visita a la mansión Martense hasta haber obtenido mayor cantidad de datos históricos y geográficos. A sugerencia suya, fuimos en busca de información sobre la temible familia Martense y descubrimos a un hombre que poseía un ancestral diario magníficamente ilustrado. También, hablamos largamente con aquellos mestizos de la montaña que, a pesar del terror y la confusión, no habían escapado a laderas más lejanas y convenimos realizar antes de nuestra empresa final, un registro completo y definitivo de los sitios relacionados con las distintas tragedias de las leyendas de los colonos.

Los resultados de esta investigación no fueron al principio muy alentadores, aunque una vez clasificados, parecieron mostrar un dato bastante significativo, a saber, que el número de tragedias registradas era mucho más elevado en las zonas relativamente cercanas a la casa o se conectaban con ella mediante líneas de matorrales anormalmente desarrollados. Ciertamente había excepciones, en efecto, el horror que había llegado a oídos del mundo había ocurrido en un lugar despejado, igualmente distante de la mansión y de cualquier bosque vecino a ella. En cuanto a la naturaleza y apariencia del horror oculto, nada pudimos lograr de los asustados y estúpidos habitantes de las chozas. Lo mismo decían que era una serpiente como que era un gigante, un demonio de los truenos, un murciélago, un buitre, o un árbol que caminaba. Nos pareció racional suponer, sin embargo, que se trataba de un ser vivo considerablemente sensible a las tormentas eléctricas y aunque muchas de las historias hablaban de alas, concluimos que su desprecio hacia los espacios abiertos hacía más factible que estuviese dotado de locomoción terrestre. Lo único realmente incompatible con esta hipótesis era la velocidad a la que tal criatura debía moverse para cometer todas las fechorías que se le imputaban.

Al tratarlos más, descubrimos que los colonos eran excepcionalmente amables en muchos aspectos. Eran simples animales que bajaban poco a poco en la escala de la evolución debido a su desdichada ascendencia y a su embrutecedor aislamiento. Temían a los forasteros, pero poco a poco se fueron habituando a nosotros y al final nos ayudaron muchísimo cuando, en nuestra búsqueda del horror oculto, cortamos todos los grupos de árboles y derrumbamos todos los tabiques de la mansión. Cuando les pedimos que nos ayudasen a buscar a Bennett y a Tobey, se mostraron francamente afligidos, porque si bien querían ayudarnos, estaban seguros de que ambas víctimas habían desaparecido de este mundo tan completamente como las personas que ellos habían perdido. Por supuesto, sabíamos perfectamente que habían muerto o desaparecido gran cantidad de estas personas, así como que los animales salvajes habían sido aniquilados hacía mucho tiempo y temíamos que sucedieran nuevas tragedias. A mediados de octubre nos encontrábamos turbados debido a nuestra falta de progreso. Como las noches eran tranquilas, no se producían agresiones demoníacas de ningún género y la total carencia de resultados en el registro de la casa y en el campo casi nos hacía atribuirle al horror oculto una naturaleza inmaterial. Temíamos que llegara el tiempo frío y obstaculizara nuestras investigaciones, ya que todos coincidían en que, generalmente, el demonio permanecía sereno durante el invierno. El asunto es que nos oprimía una especie de desesperada prisa en la última indagación diurna de una aldea visitada por el horror. Aldea que ahora estaba abandonada, a causa del miedo de los colonos.

La triste aldea ni siquiera tenía nombre y estaba situada en un barranco protegido, aunque sin árboles, entre dos colinas llamadas respectivamente Cone Mountain y Maple Hill. Se encontraba más cerca de Maple Hill que de Cone Mountain, y algunas de las torpes viviendas eran simples cuevas talladas en la falda de la primera de las elevaciones. Geográficamente, se encontraba a unos dos kilómetros al noroeste de la Montaña de las Tempestades, y a tres de la mansión rodeada de robles. El espacio entre la aldea y la mansión, unos dos kilómetros y cuarto desde el borde de la aldea, era enteramente campo abierto y consistía en una llanura casi horizontal, salvo algunos montículos de escasa elevación y aspecto sinuoso y cuya vegetación la constituía casi exclusivamente monte y unos cuantos matorrales muy dispersos. Tras estudiar la topografía de este lugar, concluimos finalmente que el demonio debió llegar por Cone Mountain, cuya prolongación hacia el sur, cubierta de bosque, llegaba a poca distancia de la ramificación más occidental de la Montaña de las Tempestades. Atribuimos de forma concluyente la elevación del terreno a un corrimiento de tierra desde Maple Hill, en cuya pendiente destacaba un árbol fuerte y solitario, rasgado por el rayo que había hecho surgir al demonio.

Después de repasar escrupulosamente por vigésima vez, o más, cada pulgada del desolado pueblo, experimentamos un desánimo unido a nuevos e indefinidos temores. Resultaba muy extraño, aun cuando lo extraño y lo espantoso eran cosas corrientes, encontrarnos con un escenario tan totalmente carente de huellas después de tan espeluznantes sucesos y caminábamos bajo un cielo cada vez más oscuro y grisáceo, con ese ardor trágico y sin rumbo que es consecuencia de un sentimiento de futilidad y, a la vez, la necesidad de hacer algo. Marchábamos atentos a los más pequeños detalles, entramos de nuevo en cada una de las casas, examinamos otra vez las cuevas, exploramos el pie de las laderas adyacentes, entre los arbustos, buscamos madrigueras y cuevas, pero sin resultado. Sin embargo, como digo, sentíamos alrededor nuestro un temor impreciso y absolutamente nuevo, como si unos grifos gigantescos y alados nos vieran desde los abismos transcósmicos. A medida que avanzaba la tarde, se hacía más difícil diferenciar los objetos y escuchamos el murmullo de una tormenta que se estaba formando sobre la Montaña de las Tempestades. Naturalmente ese murmullo, producido en ese lugar, nos animó, pero no tanto como si hubiese sido de noche, y con esta esperanza renunciamos a la búsqueda sin rumbo y nos orientamos hacia la aldea habitada más cercana, a fin de congregar un grupo de colonos para que nos ayudasen con nuestros registros. Aunque tímidamente, algunos de los más jóvenes se sintieron suficientemente motivados por nuestra protectora orientación como para ofrecernos su ayuda.

Pero no habíamos hecho más que dar media vuelta, cuando empezó a caer una lluvia tan fuerte y torrencial, que no tuvimos más remedio que buscar refugio. La extraña y casi nocturna oscuridad del cielo nos hacía caer continuamente, pero iluminados por los frecuentes relámpagos y nuestro preciso conocimiento de la aldea llegamos en seguida a la última choza del lugar: una híbrida combinación de troncos y tablas llena de goteras, cuya puerta y ventanilla abrían hacia Maple Hill. Aseguramos la puerta contra la furia del viento y de la lluvia y colocamos el tosco postigo de la ventana que nuestros frecuentes registros nos habían enseñado dónde encontrar. Resultaba sombrío estar sentados allí sobre unos cajones estropeados en la más imperiosa oscuridad, pero encendimos nuestras pipas y nos iluminamos a veces con las linternas de bolsillo que transportábamos. De vez en cuando, distinguíamos los relámpagos a través de las grietas de la pared. La tarde se estaba volviendo tan tenebrosa que cada relámpago resultaba tremendamente impresionante. Esta lluviosa vigilia me hizo recordar de forma estremecedora mi terrible noche en la Montaña de las Tempestades. Regresó a mi pensamiento aquella extraña incógnita que de manera intermitente me repetía desde entonces, y una vez más me pregunté por qué el demonio, al aproximarse a los tres hombres que observábamos desde la ventana o desde el exterior, se había llevado a los de los lados dejando al del medio para el final en que un imponente relámpago lo había hecho huir. ¿Por qué no había tomado a sus víctimas en un orden natural y habría sido yo el segundo, cualquiera que fuese la dirección por la que hubiera empezado? ¿Con qué clase de tentáculos los atrapó? ¿O sabía que era yo el guía y decidió guardarme un destino más terrible que a mis compañeros?

En medio de estos pensamientos, como para acentuarlos dramáticamente, cayó un tremendo rayo cerca de nosotros al que siguió un sonido de deslizamiento de tierra. Al mismo tiempo, se levantó un furioso viento cuyo rugido fue creciendo de forma demoníaca. Tuvimos la seguridad de que otro árbol de Maple Hill había caído fulminado y Munroe se levantó del cajón donde estaba sentado y se acercó a la ventanilla para verificar el destrozo. Al quitar el postigo, el viento y la lluvia entraron aullando de forma atronadora y no pude escuchar lo que decía, pero esperé, mientras él se asomaba intentando abarcar el pandemónium. Gradualmente, la calma, el viento y la difusión de la insólita oscuridad nos hicieron percibir que se alejaba la tormenta. Yo había esperado que durase hasta el anochecer, cosa que nos ayudaría en nuestra búsqueda, pero un clandestino rayo de sol que, detrás de mí, penetró por un boquete de la madera, borró mis esperanzas. Le dije a Munroe que era mejor dejar entrar un poco de luz aunque cayesen más aguaceros, así que desatasqué la puerta y la abrí. Afuera, el terreno era una rara extensión de barrizales, charcos y pequeños montículos producidos por el reciente corrimiento de tierra, pero no observé nada que justificase el interés que mantenía a mi compañero asomado a la ventana sin decir nada. Me aproximé a él y lo toqué en el hombro, pero no se movió. Luego, al sacudirlo en broma y girarlo hacia mí, sentí los estranguladores aros de un horror canceroso cuyas raíces alcanzaban pasados perpetuos y abismos inescrutables de la noche que palpita más allá del tiempo.

Arthur Munroe estaba muerto. Y en lo que quedaba de su masticada y agujereada cabeza ya no había cara.

III. Qué significaba el resplandor rojo

Una tormentosa noche del 8 de noviembre de 1921, iluminado por una linterna que proyectaba lúgubres sombras, cavaba yo solo, como un idiota, en el mausoleo de Jan Martense. Había comenzado a excavar en la tarde porque se estaba formando una tormenta, y ahora que había oscurecido y la tormenta había estallado sobre la lujuriosa floresta, me sentía satisfecho. Creo que mi cabeza estaba un poco desquiciada a causa de los sucesos del 5 de agosto, la sombra diabólica de la casa, la tensión y el desencanto generales y lo acontecido en la aldea durante la tormenta del mes de octubre. Después de todo aquello, tuve que cavar una fosa para una persona cuya muerte no acababa de comprender. Sabía que los demás no la comprenderían tampoco, de manera que los dejé creer que Arthur Munroe se había perdido. Lo buscaron pero no encontraron nada. Los colonos sí podían haberlo entendido, pero no me atreví a atemorizarlos aun más. Me sentía inexplicablemente insensible. La alteración sufrida en la mansión me había afectado sin duda el cerebro y no podía pensar más que en la búsqueda del horror que ahora había sobrepasado gigantescas proporciones en mi imaginación. Búsqueda que el final de Arthur Munroe me hacía recomenzar ahora, a solas y en secreto.

Solo el ambiente de mis excavaciones habría bastado para destrozar los nervios de un hombre común. Unos primitivos y terroríficos árboles de horribles proporciones y formas desagradables acechaban sobre de mí como columnas de algún diabólico templo druida, al tiempo que aminoraban los truenos, aplacaban los aullidos del viento y detenían la lluvia. Detrás de los lacerados troncos del fondo, alumbrados por los frágiles resplandores de los filtrados relámpagos, se levantaban las piedras húmedas y cubiertas de hiedra de la abandonada mansión, mientras que un poco más cerca estaba el desatendido jardín holandés, con sus paseos y calzadas invadidos por una vegetación blancuzca, fungosa, pestilente y abultada que yo jamás había visto a la luz del día. Aun más cerca estaba el cementerio, donde unos árboles desfigurados agitaban sus ramas deformes, mientras sus raíces desplazaban las sacrílegas losas y aspiraban el veneno de lo que reposaba debajo. Aquí y allá, bajo una capa de hojas marrones que se podrían y manaban en las oscuridades del bosque inexplorado, podía distinguir el funesto perfil de esos pequeños montículos que caracterizaban aquella región taladrada por los rayos. La historia me había llevado a esta antigua sepultura. Porque, efectivamente, era la historia el único recurso que me quedaba tras haber concluido todo lo demás en cínico satanismo. Ahora estaba convencido de que el horror oculto no era un ser material, sino un espanto con voracidad de lobo que avanzaba sobre los relámpagos de la medianoche. Y por los cientos de tradiciones locales que Arthur Munroe y yo habíamos desenterrado en nuestras exploraciones, creía además, que era el espectro de Jan Martense, muerto en 1762. Por esa razón yo cavaba como un idiota en su sepultura, ahora.

La mansión Martense había sido edificada en 1670 por Gerrit Martense, rico mercader de Nueva Ámsterdam a quien molestaba el cambio del orden bajo el gobierno británico y había erigido esta magnífica mansión en la cima de una boscosa colina cuyo paisaje solitario y singular era de su agrado. La única decepción importante con que tropezó en este lugar fueron las recurrentes tormentas de verano. Cuando eligió este monte para edificar su mansión, Gerrit Martense atribuyó los numerosos disturbios naturales a las particularidades de aquel año, pero con el tiempo, se dio cuenta de que la región era esencialmente propensa a tales fenómenos. Finalmente, notando que estas tormentas le afectaban la cabeza, preparó un sótano donde poder resguardarse de los más violentos desórdenes. De los descendientes de Gerrit Martense se sabe aún menos que de él mismo, ya que todos fueron educados odiando la civilización inglesa y se les enseñó a no relacionarse con los colonialistas que la aceptaban. Sus vidas fueron extraordinariamente retiradas y la gente afirmaba que este aislamiento los hizo torpes de palabra y comprensión. Al parecer, todos estaban marcados por una rara y hereditaria condición en los ojos: tenían uno azul y el otro castaño. Sus relaciones sociales se fueron haciendo cada vez más escasas hasta que finalmente terminaron casándose con la extensa clase servil que habitaba en sus tierras. Muchas de las familias profusas degeneraron, cruzaron el valle, y fueron a mezclarse con la población mestiza que luego daría origen a los desdichados colonos. Los demás siguieron unidos tenazmente a la ancestral mansión, volviéndose cada vez más exclusivistas y consternados, aunque ganando una especial sensibilidad con relación a las frecuentes tormentas.

Casi toda esta información salió al mundo exterior a través del joven Jan Martense, que impulsado por una especie de inquietud, se alistó en el ejército colonial cuando llegó a la Montaña de las Tempestades la noticia de la Convención de Albany. Él fue el primero de los descendientes de Gerrit que vio mundo, y al regresar en 1760, después de seis años de campaña, su padre, tíos y hermanos le rechazaron como a un intruso, a pesar de sus ojos desiguales de Martense. Ya no podía compartir los prejuicios y rarezas de los Martense, ni lo agitaron las tormentas de la montaña como antes. En cambio, el entorno lo deprimía y a menudo le escribía a su amigo de Albany sobre sus intenciones de abandonar el techo paterno. En la primavera de 1763, Jonathan Gifford, el amigo de Jan Martense que vivía en Albany, se sintió inquieto por su silencio, especialmente por la situación y las discusiones que sabía que sucedían en la mansión Martense. Dispuesto a visitar a Jan, personalmente, penetró las montañas a caballo. Su diario relata que llegó a la Montaña de las Tempestades el 20 de septiembre, hallando la mansión en avanzado estado de decadencia. Los sombríos Martense, de extraños ojos, cuyo aspecto impuro y primitivo lo impresionó sobremanera, le dijeron con acento torpe y gutural que Jan había fallecido. Insistieron en que lo había matado un rayo el otoño anterior, y que ahora estaba sepultado detrás de los hundidos y abandonados jardines. Le mostraron el lugar de la sepultura al visitante, unos palmos de tierra pelada y sin señales. Algo en la actitud de los Martense despertó en Gifford un sentimiento de repugnancia y desconfianza, y una semana más tarde volvió con una pala y un pico, dispuesto a abrir la fosa de nuevo. Halló aquello que había temido, un cráneo ferozmente aplastado como por unos golpes salvajes, de modo que volvió a Albany y denunció formalmente a los Martense de haber asesinado a un miembro de la familia.

No había pruebas legales, pero la noticia se regó rápidamente por toda la región, y a partir de entonces, el mundo castigó a los Martense con el aislamiento. Nadie quiso tratar con ellos y evadieron su apartada residencia como un lugar maldito. Ellos, por su parte, se las ingeniaron para vivir independientemente con el beneficio de sus tierras, ya que las luces que esporádicamente se veían en la casa desde los montes lejanos probaban que aún vivían. Dichas luces se estuvieron viendo hasta 1810, pero hacia el final, se hicieron muy poco frecuentes. Mientras, comenzó a correr un sinfín de leyendas infernales a propósito de la mansión de la montaña. Así, el lugar fue doblemente evitado y adornado de toda clase de historias que la tradición fue capaz de otorgar. Continuó sin ser visitada hasta 1816, en que la alargada falta de luz en ella llamó la atención de los colonos. Un grupo de hombres realizó entonces un reconocimiento, encontrando la casa desierta y parcialmente destruida. No hallaron ningún esqueleto, así que pensaron que se habían marchado. Al parecer, la familia se había ido hacía varios años y los improvisados pabellones mostraban lo numerosos que eran antes de su emigración. Su nivel intelectual había bajado muchísimo, como mostraba el deterioro del mobiliario y la vajilla de plata regada, sin duda desatendida mucho antes de que sus propietarios se marcharan. Pero aunque los temidos Martense se habían ido, la mansión encantada continuó generando temor. Temor que se incrementó cuando nuevos y extraños rumores vinieron a incomodar a los decadentes montañeses. Allí siguió, desierta, temida y vinculada al espectro vengativo de Jan Martense. Y aún seguía allí, la noche en que yo cavaba en la sepultura de Jan Martense.

He calificado de idiota mi extenso cavar, y así era efectivamente, por su objeto y por su método. No tardé en desenterrar el ataúd de Jan Martense —que ahora solo contenía polvo y salitre—, pero en mis furiosos deseos de exhumar su fantasma, seguí cavando terca y desatinadamente más abajo de donde había reposado. Sabe Dios qué era lo que yo esperaba descubrir... Yo solo tenía conocimiento de que cavaba en la sepultura de un hombre cuyo espanto acechaba por la noche. No me es posible decir qué bestial profundidad había alcanzado cuando mi pala y mis pies se hundieron en el suelo que tenía debajo. Dadas las circunstancias, mi alteración fue espantosa, porque la existencia de un espacio subterráneo aquí suponía la espantosa validación de mis perturbadas teorías. Mi ligera caída me apagó el farol, pero saqué una linterna de bolsillo y descubrí un pequeño túnel horizontal que se introducía profundamente en ambas direcciones. Era lo bastante amplio como para que un hombre se pudiera arrastrar por él y, aunque nadie en su sano juicio habría tratado de entrar por allí en ese momento, me olvidé del peligro, la prudencia y la limpieza en mi afán por desenterrar el horror oculto. Escogiendo la dirección hacia la casa, me introduje osadamente a rastras por la angosta madriguera, serpenteando a ciegas, con prisa y alumbrándome de rato en rato con la linterna que iluminaba delante de mí.

¿Qué palabras podrían narrar el espectáculo de un hombre perdido en el interior de la tierra abismalmente profundo, gesticulando y revolcándose sin aliento, avanzando descabelladamente por profundos laberintos de negrura inmemorial, sin una noción precisa de tiempo, seguridad, dirección ni objetivo? Hay algo aterrador en todo ello, pero eso fue lo que hice. Me arrastré de esa forma durante tanto tiempo que la vida llegó a parecerme un recuerdo muy lejano, y me identifiqué con los topos y larvas de las tétricas profundidades. En efecto, fue una eventualidad que tras interminables contorsiones, se prendiese mi olvidada linterna al sacudirla, iluminando vagamente la larga madriguera de barro endurecido que dibujaba una curva delante de mí. Había seguido avanzando de este modo durante un largo rato y la pila de la linterna estaba casi agotada cuando el túnel inició una súbita y pronunciada cuesta arriba que me obligó a cambiar mis movimientos para avanzar. Al levantar la vista, sin previo aviso, vi resplandecer a lo lejos dos reflejos diabólicos de mi agónica luz, dos reflejos candentes de aciago e inequívoco resplandor que excitaron en mi memoria recuerdos velados y enloquecedores. Me detuve automáticamente, pero sin voluntad para retroceder. Los ojos se acercaban, aunque solo pude distinguir una garra del ser al que pertenecían. ¡Pero qué garra! Luego, muy arriba, sonó vagamente un estruendo que reconocí. Era el violento trueno de la montaña que estallaba con agitada furia. Sin duda, llevaba un rato reptando hacia arriba, ya que ahora percibía la superficie bastante cerca. Y mientras estallaban los amortiguados truenos, aquellos ojos seguían mirándome fijamente con perversidad.

Gracias a Dios, no supe entonces lo que era, de lo contrario, no habría sobrevivido. Pero me salvó el mismo trueno que había invocado, porque tras una angustiosa espera, rompió en el cielo uno de esos frecuentes estruendos de la montaña cuyas señales yo había observado aquí y allá en forma de lesiones de tierra removida y fulguritas de diferentes dimensiones. Con furia titánica se enterró, revolcándose en la tierra por encima de aquel horrible pozo, cegándome y ensordeciéndome, aunque no logró hacerme perder el conocimiento. Seguí escarbando y avanzando desesperadamente en el caos de tierra que caía y se resbalaba, hasta que la lluvia que me mojaba la cabeza me serenó y vi que había llegado a la superficie de un lugar familiar, una zona inclinada y sin árboles, en la vertiente sur de la montaña. Los constantes relámpagos alumbraban y agitaban el terreno revuelto y los restos del curioso montículo que provenía de la parte superior y boscosa de la ladera, sin embargo, no había nada en todo aquel caos que mostrase por donde había salido yo de la fatal catacumba. Mi cerebro era un caos tan grande como la tierra y cuando a lo lejos, un rojo resplandor alumbró el paisaje por el sur, apenas tuve conciencia del horror que acababa de experimentar. Pero, dos días después cuando los colonos me dijeron qué significaba aquel resplandor rojo, mi horror fue más grande que el que me había producido la pezuña y los ojos de la embarrada madriguera. En una aldea a veinte kilómetros de distancia, había tenido lugar una profusión de terror después del rayo que me había permitido a mí salir de la tierra, y un ser indescriptible había saltado desde un árbol a una choza de débil tejado. Había cometido una atrocidad, pero los colonos habían prendido fuego a la choza furiosamente antes de que aquel ser pudiese escapar. Había cometido el estrago en el mismo instante en que la tierra cayó sobre la entidad de la garra y los ojos.

IV. El horror en los ojos

Nada puede ser normal en la mente de quien, sabiendo lo que yo sabía sobre los horrores de la Montaña de las Tempestades, va solo a buscar el terror que se escondía en dicho lugar. En este Aqueronte de satanismo multiforme, el hecho de que al menos dos de estas personificaciones del terror hubiesen fallecido era una garantía muy débil de seguridad física y mental, sin embargo, continué mi búsqueda cada vez con mayor entusiasmo a medida que los hechos y las explicaciones se hacían más monstruosos. Dos días después de mi aterradora exploración de la cripta de los ojos y la garra, cuando me enteré de que un ser maligno había cruzado la aldea a veinte kilómetros de distancia, en el mismo instante en que aquellos ojos se posaban en mí, advertí una auténtica agitación de terror. Pero este terror estaba tan combinado con una sensación grotesca y alucinada, que casi me resultó agradable. A veces, en las mortificaciones de esas pesadillas en las que fuerzas incorpóreas se lo llevan a uno por encima de los techos de raras ciudades muertas hacia el precipicio burlesco de Nis, es un consuelo, incluso un placer, gritar salvajemente y lanzarse voluntariamente, en medio de la terrible vorágine de onírico tormento, al primer abismo sin fondo que tropieza. Y eso es lo que sucedió, con la pesadilla errante de la Montaña de las Tempestades. El descubrimiento de que los engendros habían estado ocultos en aquel lugar me causaron finalmente unas locas ansias de sumergirme en la tierra de esa maldita región, excavar con las manos desnudas y sacar a la muerte que amenazaba en cada centímetro del maléfico suelo.

En cuanto pude, regresé a la tumba de Jan Martense y cavé en vano donde había excavado antes. Un desprendimiento de tierra había borrado sin duda toda señal del pasadizo subterráneo y la lluvia había cegado de tal modo la excavación que me fue imposible averiguar hasta dónde había cavado el día anterior. Inicié también una ardua caminata hacia la aldea donde había ardido la espantosa criatura, pero encontré poca recompensa a mi esfuerzo. En las cenizas de la desdichada choza descubrí varios huesos, pero evidentemente ninguno correspondía al monstruo.

Los colonos mencionaron que solo había habido una víctima, pero esto me pareció una imprecisión, ya que aparte de un cráneo humano completo, hallé un fragmento óseo que parecía ser de otro cráneo en algún momento humano. Y aunque habían visto la rápida caída del monstruo, nadie fue capaz de mencionarme el aspecto de aquella criatura. Quienes presenciaron el hecho decían simplemente que era un demonio. Estudié el gran árbol donde se había posado, pero no vi huellas de ningún tipo. Traté de encontrar algún rastro en la espesura del bosque, pero en esta oportunidad no pude soportar la visión de aquellos troncos horriblemente grandes, ni de aquellas raíces que, como gigantescas serpientes, se retorcían diabólicamente antes de hundirse en la tierra.

Mi siguiente paso fue estudiar nuevamente con atención microscópica la aldea abandonada que con mayor frecuencia había visitado la muerte y donde Arthur Munroe había visto algo que no pudo narrar. Aunque mis inútiles inspecciones anteriores habían sido excepcionalmente meticulosas, ahora tenía nuevos datos que comprobar, pues la tenebrosa excavación de la fosa me había convencido de que al menos en una de sus fases, la monstruosidad había sido una criatura del subsuelo.

Esta vez, el 14 de noviembre, concentré mi búsqueda especialmente en las laderas de Cone Mountain y Maple Hill que dominaban la desdichada aldea, prestando especial atención a la tierra desprendida del corrimiento que presentaba esta última elevación. Durante el registro de la tarde no encontré nada en claro y empezaba a oscurecer cuando me hallaba en lo alto de Maple Hill observando la aldea y la Montaña de las Tempestades al otro lado del valle. Había ocurrido una estupenda puesta de sol y ahora salía la luna, casi llena, vertiendo su resplandor plateado sobre el llano, la ladera lejana de la montaña y los extraños montículos que se levantaban aquí y allá. Era un paisaje pacífico y antiguo, pero consciente de lo que se escondía en él, lo detesté. Odié la luna farsante, el llano hipócrita, la montaña purulenta y aquellos infaustos montículos. Todo me parecía contaminado por un repugnante contagio, inspirado por una nociva sociedad con poderes ocultos y anormales.

Más tarde, mientras observaba absorto el paisaje bañado por la luz de la luna, me llamaron la atención la singular distribución de algunos elementos topográficos de la naturaleza. Aunque no poseía conocimientos sólidos de geología, me había sentido atraído desde el principio por las colinas y los extraños montículos de la zona. Había notado que estaban distribuidos por una zona bastante amplia alrededor de la Montaña de las Tempestades, aunque eran menos numerosos en la llanura que en la cumbre de dicho montículo, donde las antiquísimas glaciaciones hallaron sin duda menos resistencia a sus extraordinarios y fantásticos caprichos. Ahora, a la luz de aquella luna baja que creaba alargadas sombras espantosas, me di cuenta con gran asombro de que los distintos puntos y líneas del grupo de montículos guardaban una rara relación con la cima de la Montaña de las Tempestades. Aquella cima era invariablemente el centro del que surgían, de manera irregular e indefinida, las líneas o filas de puntos, como si la cruel mansión Martense hubiese alargado unos visibles tentáculos de terror. La idea de tales tentáculos me causó un inexplicable estremecimiento y dejé de examinar mis razones para creer que estos montículos fueran fenómenos glaciares. Mientras más lo pensaba, menos creía que fuesen tal cosa y, ante mi cerebro recientemente despejado, comenzaron a surgir grotescas y espantosas analogías basadas en hechos superficiales y en mi experiencia bajo tierra. Antes de darme cuenta, había empezado a murmurar palabras delirantes e incoherentes, dialogando conmigo mismo: "¡Dios mío!... Son madrigueras... ese horrible lugar debe de ser una colmena... cuántos... aquella noche en la mansión... atraparon a Bennett y a Tobey primero, desde cada lado de donde estábamos...". Luego empecé a cavar furiosamente en el montículo más cercano, cavé con desesperación, temeroso pero casi satisfecho. Cavé y por último di un grito con insana emoción al descubrir un túnel o madriguera exactamente igual a la que yo había explorado aquella diabólica noche.

Más tarde, recuerdo que comencé a correr con la pala en la mano. Fue una carrera pavorosa por el campo lleno de montículos alumbrados por la luna y los inclinados precipicios cubiertos de monte de las colinas, saltaba, gritaba y jadeaba, corriendo hacia la espantosa mansión Martense. Recuerdo que cavé descabelladamente por todo el sótano invadido de espinos, cavé intentando descubrir el núcleo y el centro del perverso universo de montículos. Y recuerdo también cómo me reí al encontrar el pasadizo: el agujero que había en la base de la vieja chimenea, donde crecía un espeso matorral y reflejaba extrañas sombras a la luz de la única vela que, casualmente, llevaba conmigo. Aún no sabía qué se ocultaba en aquella infernal colmena, en espera de que un trueno lo despertara. Habían muerto ya dos entidades y tal vez no había más. Pero aún experimentaba en mí la fuerte determinación de llegar hasta el más profundo secreto del terror, que nuevamente me parecía definido, material y orgánico. Mi duda entre examinar el pasadizo inmediatamente, solo, con mi linterna de bolsillo, o intentar reunir un grupo de colonos para efectuar el registro, fue obstaculizada un momento después por una repentina ráfaga de viento que me apagó la vela y me dejó totalmente a oscuras. La luna había dejado de filtrar su brillo a través de las grietas y aberturas que había sobre mí y con una sensación de alarma o presentimiento escuché que se aproximaba el rumor siniestro y revelador de una tormenta. Una indeterminada asociación de ideas se apoderó de mi mente, haciéndome retroceder a tientas hacia el punto más alejado del sótano. Sin embargo, mi vista no se separó ni un solo instante de la terrible abertura en la base de la chimenea y empecé a distinguir ligeramente los ladrillos y la maleza, a medida que los distantes relámpagos lograban atravesar la espesura exterior y colarse por las grietas de lo alto de las paredes. Cada segundo sentía que me invadía una mezcla de miedo y de curiosidad. ¿Qué haría surgir la tormenta... o tal vez no había nada ya que pudiese surgir? Orientado por el resplandor de un relámpago, me situé detrás de un espeso matorral desde donde podía ver la abertura sin revelar mi presencia.

Si el cielo es compasivo, algún día borrará de mi mente la escena que presencié y me permitirá vivir mis últimos años en paz. Ahora ya no puedo dormir durante la noche y tengo que ingerir sedantes cuando truena. Inesperadamente, aquello emergió de pronto. Salió un demonio con un jadeo infernal y un gruñido sofocado, huyendo como una rata de los profundos e inimaginables abismos. Luego, del agujero de la chimenea surgió una vida multitudinaria y leprosa, un flujo repugnante, engendro nocturno de putrefacción orgánica, devastadoramente más espantosa que los más negros conjuros de la locura y una enfermedad mortal. Bullía, hervía, subía, borboteaba como una baba de reptiles, se contorsionaba al brotar del boquete, esparciéndose como un contagio séptico manando del sótano hacia todas las salidas. Desbordándose por el maldito y tenebroso bosque para verter en él el pavor, la locura y la muerte. Solo Dios sabe cuántos eran... miles tal vez. Resultaba aterrador verlos emerger en esas cantidades bajo la luz intermitente de los relámpagos. Cuando empezaron a disminuir lo suficiente como para poderlos observar como seres separados, vi que eran como demonios o simios deformes, enanos y peludos, monstruosas y diabólicas caricaturas de la raza de los monos. Eran terriblemente mudos, apenas se oyó un chillido cuando uno de los rezagados giró con la destreza de una larga práctica y calmó su hambre en un compañero más débil. Los otros se abalanzaron sobre los restos y los engulleron con babeante satisfacción. Acto seguido, a pesar de mi perturbación, consecuencia de mi repugnancia y mi miedo, ganó mi curiosidad morbosa y cuando la última de las monstruosidades salió viscosamente de aquel mundo inferior de desconocida pesadilla, saqué mi pistola automática y disparé, camuflando la detonación con los truenos.

Estrepitosas, resbaladizas sombras torrenciales de viscosa locura persiguiéndose por los infinitos y sangrientos corredores de cielo púrpura y brillante... fantasmas deformes y mutaciones caleidoscópicas de un terrorífico y recordado escenario, bosques de monstruosos e hinchados robles cuyas raíces se tuercen como serpientes y absorben el jugo abominable de una tierra hirviente de demonios caníbales. Tentáculos que surgen a tientas de núcleos subterráneos, dotados de pulposa perversión. Trastornados relámpagos por encima de muros diabólicos cubiertos por una hiedra perversa y arcadas demoníacas ahogadas por una vegetación fungosa... Bendito sea el cielo por haberme otorgado el instinto que me llevó de modo inconsciente a lugares donde viven los hombres, el pueblo pacífico que dormía bajo las apacibles estrellas de despejados cielos. Al cabo de una semana me había recobrado bastante como para pedir de Albany un grupo de hombres para que dinamitaran la mansión Martense y la cima entera de la Montaña de las Tempestades, bloquearan todas las madrigueras, y derribaran determinados árboles hinchados cuya sola existencia representaba un insulto a la cordura. Después de todo ese trabajo, logré dormir un poco aunque jamás alcanzaré el verdadero descanso mientras recuerde el execrable secreto del horror oculto. Me seguirá obsesionando, porque ¿quién sabe si ha sido completa la exterminación y si no existirán fenómenos similares en el resto del mundo? ¿Quién, sabiendo lo que yo sé, puede pensar en las cuevas desconocidas de la tierra sin sufrir terribles pesadillas ante las futuras posibilidades? No puedo asomarme a un pozo ni a una entrada de metro sin temblar. ¿Por qué el doctor no me da algo que me permita dormir o me calme, de verdad, el cerebro cuando truena?

Lo que vi bajo el brillo de los relámpagos, tras dispararle al ser indescriptible, fue tan simple que casi transcurrió un minuto antes de tener conciencia y caer en un estado de delirio. Era un ser repugnante, un gorila blancuzco y mugriento, de colmillos afilados y amarillentos, y pelo enmarañado, el último resultado de una degeneración mamífera. El espantoso resultado del aislamiento, la multiplicación y la alimentación caníbal en la superficie y en el subsuelo. La encarnación de todo lo que gruñe, de todo lo caótico que, pavoroso, vigila detrás de la vida. Me había visto al morir, y vi en sus ojos la misma extraña expresión de aquellos otros ojos que me habían visto en el subsuelo, agitando en mi interior nublados recuerdos. Uno de los ojos era azul y el otro castaño. Eran los ojos disimiles que la vieja leyenda atribuía a los Martense. Y en una asfixiante tragedia de indecible horror, alcancé a comprender qué había ocurrido con la terrible casa de los Martense y la desaparecida familia... enloquecida por las tormentas.

Índice